郁金香书系

白云苍狗

刘若琴 著

南京师范大学出版社
NANJING NORMAL UNIVERSITY PRESS

图书在版编目(CIP)数据

白云苍狗/刘若琴著. —南京:南京师范大学出版社,2017.2
(郁金香书系)
ISBN 978-7-5651-3073-1

Ⅰ.①白… Ⅱ.①刘… Ⅲ.①散文集-中国-当代 Ⅳ.①I267

中国版本图书馆CIP数据核字(2016)第325665号

书　　名	白云苍狗
作　　者	刘若琴
责任编辑	王欲祥
出版发行	南京师范大学出版社
地　　址	江苏省南京市宁海路122号(邮编:210097)
电　　话	(025)83598919(传真)　83598412(营销部) 83598297(邮购部)
网　　址	http://www.njnup.com
电子信箱	nspzbb@163.com
照　　排	南京理工大学资产经营有限公司
印　　刷	江苏凤凰扬州鑫华印刷有限公司
开　　本	850毫米×1168毫米　1/32
印　　张	7.5
字　　数	157千
版　　次	2017年2月第1版　2017年2月第1次印刷
书　　号	ISBN 978-7-5651-3073-1
定　　价	22.00元

出 版 人　彭志斌

南京师大版图书若有印装问题请与销售商调换

版权所有　侵犯必究

小 引

之前未曾想过某日会为自己编本书,因为若干年前,我曾下决心不与"文字"结缘。

那是"文革"前一年,我即将高中毕业,面临人生的抉择。当时学校号召毕业生们"一颗红心,两种准备",即准备或"上学"或"下乡"。虽然我平日成绩还算不错,但并不以为自己一定能迈进大学门槛,我不清楚十年前将父亲卷入的"胡风集团"案件对自己到底会有多大影响;而且,自一九六二年开始,社会上"千万不要忘记阶级斗争"的弦,也越绷越紧。我只能对自己说:先备战高考,考不上大学就下乡。

既然参加高考,志愿总是要填报的。这时候"家庭烙印"就出来作怪了,自然是从负的方向。我决心不填报任何文科志愿,特别是与"文学""文字"沾边的学科。为什么呢?道理很简单,十年前一帮文化人跌入"胡风反革命集团"案件的印象仿佛还历历在目,我如何能再去"重蹈覆辙"呢?

我的中学六年在北京女一中度过,这个古色古香的学校诞生于一九一三年,原名京师第一女子中学。初中阶段,我没有感到有很大的政治压力,除了刚进学校,填学生表时,父亲一栏我留了空白。后来班主任兼学校大队辅导员韩老师来找我,问我为什么不填父亲,我很诚实但很小声地说:"我爸爸是胡风分子。"韩老师没有要求我将这几个字填在学生表上,"分子"算个什么成分,可能她也不知道,不过那一学年(初一)她给我的操行评定是个"中"。而在小学阶段,我年年都是"好学生",刚进入中学,就降为"优良中差劣"里的一个"及格",我感到无以自处,这可能算是我进中学的第一堂"政治课"。

后来我就玩命地学习,我的成绩在班上一直名列前茅。初中的小女生们胸无城府,除了上课之外,大家打篮球、跳集体舞、过队日、演话剧,有的同学还去官园体育场参加体操队、武术队……日子好像过得很快也很快活,但也留下让人感觉沉重的记忆。

初一某天,教导主任李老师走进我们的教室,满面悲伤,声音低沉地说:"同学们,告诉你们一个不幸的消息,你们的同学赵晓冬已经永远地离去了。"立时一片惊呼。晓冬是班上的课代表,工作一向很负责,平时还喜欢与同学说些笑话。这么好一个同学,怎么说没就没了呢? 后来才知道晓冬在小学时遭到继父强奸,她的班主任告发了这个人面兽心之徒,坏人被判了几年徒刑后刑期将满,晓冬糊涂的母亲居然带着两个女儿(晓冬和她的妹妹)自溺而亡了。哦,多悲惨啊,晓冬同学!

初二的一个夏日,我坐在同学Y家的院子里,听她讲述她父母的故事。她的父母都是革命干部,父亲战功卓著,家中的孩子从大到小可以排成一长排,因为父亲感情出轨,后来发生了可怕的事情,毁了母亲,也毁了父亲自己……,我当时简直听傻了,成人世界,怎么会是这个样子?

升入高中,大部分同学的面孔是新鲜的,新班级的学友们好像一夜间长大成人。上课之外,大家学雷锋、学毛选、唱革命史诗《东方红》的歌曲,还讨论"九评"。我的学科综合成绩在班上依然名列前茅,但在单科上有的同学超过了我,同学S的数学成绩就胜我一筹。她是个面容清秀而思想单纯的女孩,一名住校生,住在学校的宿舍里,平时脑子里除了几何代数,好像就没有其他东西。可惜她后来没有进入大学。那时我还不知道:从一九五八年起,高考前就要对学生逐一进行政审,审查的依据不是个人表现或学习成绩,而是家庭出身和社会关系。隐约听说S的母亲是名宗教人士,解放初被"镇压"了,估计她的高考申报志愿表根本就没有送进任何一家大学。多年后听说,S精神失常了。我曾想过,假如她能有一个深造的机会,没准也会焕发出与陈景润类似的钻研精神。可惜的是,阶级路线在中学的贯彻,毁掉了像S这样的数学苗子。

我父亲在我高考之前三年被释放出狱,政治上仍算是"阶级敌人",但已不属于"关、管、压"的范畴。女一中的团组织在贯彻阶级路线中,视我为"可以教育好的子女",在教育了我一两年后,颇费周章地吸收我加入共青团。

共青团员的身份和一九六五年女一中高考成绩的最高分,使我获得了一个高考后被"降级录取"的机会。"降级录取"这个词,我也是多年后才听说的。高考前,我不自量力地将清华列为第一志愿,事实上,当年被清华录取的我校同学分数都在我之下,但是,清华的蒋南翔不接收我,于是我的志愿表只能向后移动,直接或间接地到了北京化工学院。当时该院的党委书记是位工农老干部,名马芳庭。听说他看到我的高考成绩后,拍板说:"这个学生我们要了。"结果,这个决定在"文革"中成为马芳庭"执行修正主义教育路线"的一桩罪行。

北京化工学院是一九五八年建立的,此时只有三个系:无机系、有机系与机械系。高中时我参加过北海公园"少年之家"化工组的课外活动,所以志愿填报了有机系,但通知我报到的却是无机系,这意味着我不能接触化工行业的一些新知识。无机系的每个年级都分若干个班,一个班有二十几个学生,每个班上好像都有一两个所谓出身"有问题"的同学。这类被社会视为"幸运儿"的少数青年,在具体的环境中,却又很像是"另类",因为带有"原罪"家庭的标签,他们与自己的"红五类"同学,在政治上是无法站在等高的地平线上的。"文革"中,起源于中学的"血统论"对联十分轻易地传播进大学,就证实了这一点。记得无机系高班有一个男同学,"文革"开始时被认定是"资本家的孝子贤孙",遭到批斗,到"清理阶级队伍"的阶段,又被送往唐山一个采石场劳改,后来听说他死于一九七六年的唐山大地震。认识他的人说他父母早亡,只有一个姐姐,姐弟俩没有其他经济来源,之前靠点房租为生。

"文革"的中期,我离开化工学院,成为西南地区生产化肥的一名工人。有五六年的光景,当正常人进入梦乡时,我往往得从铺上爬起来,沿着暗淡的夜路赶往工厂,然后在隆隆震耳的运转机器旁,在呛人刺鼻的化工气体中,慢慢等待黎明的来临。在时间流逝的那些年,偶尔想起少年时代对科学的神往、对文学的热爱,想起女一中、想起化工学院,都感觉十分遥远,好像都是上辈子的事情,唯有想起高中毕业时的选择,才仿佛感到背后一直有股强力在推动我,督促我疏离文化、疏离文学、疏离文字书写,将自己彻底化为工农。现在我倒是做到了,可是,这就是人生本来的意义么?

"文革"终于结束,社会逐渐在发生变化,我离开操作岗位,开始接触文字工作,后来长期做专职的编辑。我发现,文字工作对于我原来并不那么陌生,自然也没么可怕。想当年,因父辈的遭遇我曾主动与文字疏远,人生转来转去,不料文字重又与我结缘。

新世纪不必再上班了,与文字打交道的时间更多了,在帮助父亲整理或打印文稿时,我偶尔也写点文化随笔与评论,不过,这类文字多是因事而起,非有意为之。

细心的读者看本书的目录,会发现一些有关"胡风集团案"的人与事。这起案件现今许多青年人恐怕感觉很陌生。它发生在一九五七年"反右"之前两年,范围比"反右"要小,但对人心的冲击强度却不比"反右"差,它如同一场"反右"预演,由它总结出来的"阶级斗争经验"后来长期指导过中国社会的政治生活,因而吸取其历史教训应是有意义的。只是六十年过去了,该案的当事人多已离去,不说一般读者,就是学界中对该案很清楚的人也不多了。作为涉案者的后人,将了解的一星半点历史事实讲出来,我感觉是一份责任。这份责任若算作本书面世的内因,那外缘就是一贯热心出版工作的董宁文先生。宁文是精致且有品位的民刊——《开卷》的主编,曾策划推出不少颇有社会反响的丛书。他与父亲绿原相识多年,他长期惠赠的《开卷》,也是我家共同的至爱读物。宁文是位有心人,他知道我结束职业生涯后,偶尔也涂抹点"布衣"文字,羊年旧岁曾建议我将这些文字收纳起来,适时结集。虽自觉是方外之人,因珍惜与《开卷》的那份文化之缘,遂开始本书的整理。

二〇一六年春节

目 录

小 引 / 1

一 辑

一个笔名的前世今生
　　——记阿垅 / 3
梅志,一位非凡的中国女性 / 10
从童工到"胡风骨干分子"
　　——欧阳庄纪实 / 16
生命的极致
　　——纪念罗洛叔叔 / 32
相逢把酒每慨然
　　——怀念何满子老伯 / 38
记孙钿先生 / 46
幸存者的灵魂
　　——纪念曾卓前辈逝世十周年 / 51
一位赤诚的真诗人
　　——纪念冀汸老伯 / 75
又是一片碧绿
　　——怀念父亲 / 86
默不生念,照而无心
　　——再忆父亲 / 101

父亲的字纸 / 111
零落成泥,其香如故
　　——《白色花》出版轶事 / 120

二　辑

怀念邹荻帆老伯 / 133
冯至先生二三事 / 140
宁夏的,还是华夏的?
　　——高嵩老师纪念 / 148
华山脚下的赵景文 / 155
记W君 / 160

三　辑

罪恶的历史仍在杀人 / 165
一片冰心在玉壶
　　——读邹荻帆的诗 / 170
一位受伤老兵的诗路历程
　　——读《鲁煤文集》诗歌卷《在前沿》 / 179
与黎辛先生不同的历史叙事
　　——《读后》之读后 / 190
鲁煤先生访谈
　　——关于舒芜检讨《论主观》等文章的初稿 / 200
面对历史创伤的选择
　　——读《流放七月》 / 211
关于《楼兰》这本书 / 217
风乍起,吹皱一池春水 / 222
小议嗔怒 / 227

一 辑

一个笔名的前世今生
——记阿垅

今年是抗战胜利七十周年,想寻觅几本抗战读物。书架上恰好有册小书,是八十年代海峡文艺出版社出版的《上海抗战时期文学丛书》中的一本。这套丛书的名誉主编是巴金老人,实际主编是楼适夷、林淡秋、柯灵、朱雯等知名人士;汇编目的是为了抢救在那艰苦的抗战岁月里与上海有关的一批作家为中国现代文学留下的珍贵硕果。

抗战作家阿垅

这本名《第一击》的小书设计得很朴素,淡蓝的封面上以几条白线勾勒出书名、作者与丛书名等不同部分。它是一部报告文学结集,记述了全面抗战之初在上海淞沪地区爱国士兵和下级军官,凭借步枪、子弹、手榴弹、刺刀等寻常武器对日本侵略者的浴血抗击。

细读发现,该书虽貌不惊人,却有着两个特点:其一,作者并非单纯的文化人,而是"第一击"的参战者;其二,随时间变迁,不同版本的作者署名在不断地变更。

初版由上海海燕书店于三十年代末在香港印制,书名为《闸北七十三天》,其中包括《从攻击到防御》与《闸北打了起来》两篇纪实报告及其附录《我写〈闸北打了起来〉》。作者署名"S. M."。

第二个版本由海燕书店一九四七年在上海出版,增加了《斜交遭遇战》一篇和作家前记,书名改为《第一击》。作者署名改为"亦门"。

第三个版本即一九八五年《上海抗战时期文学丛书》版,主要篇幅没有变动,但前记没有了,而有一篇作者文友耿庸先生写的《〈第一击〉重版后记》。作者署名改为"阿垅"。

三个版本,三个署名,作者却还是原来那一个,这是为什么?

这就不得不追溯作者的身世了。该报告文学集的作者本名陈守梅,一九〇七年生于杭州平民之家。因家境困难,十一岁才进私塾课读,且未读很久;后获亲友帮助,进入新式教育的高小就读。这个内向的孩子很快掌握了自学窍门,开始如饥似渴地从社会和书本中吸取各种文化知识。

家庭经济条件使他无法"学而优则仕",父亲希望他学习经商改善家庭生存环境,为此他被送到杭州某绸布店当了两年学徒。一九二七年的社会动荡使绸布店倒闭,父亲的梦想幻灭了。他积攒微薄的报刊稿费到能出门时,单身来到三十年代的上海。

这个当代亚洲最大的文化之城,对其人生产生了两个重大影响。一是职业上的,他本想走"工业救国"之路,但"九一八"和"一二八"之后,为了对民族敌人以牙还牙,他报名投考了黄埔军校,成为第十期学员;另一是精神上的,他受到鲁迅精神的影响,决心以鲁迅的方向为自己人生的方向。一九三五年他开始以"S.M."的笔名在上海大型刊物《文学》及其他报刊上发表新诗和散文。

阿垅(一九四一)

这个笔名让人觉得怪怪的,但笔者以为,它不过是他那个叫"守梅"的本名英文拼音的两个首字母。但他为什么不直接使用本名呢?恐怕是他所处的环境(国民党军校)与他的进步写作不兼容吧。

卢沟桥事变后,上海成为抗战前线。军校毕业的S.M.以少尉排长的身份,参加了"八一三"淞沪会战,在前线长达七十天,直到日本飞机的炸弹穿透他的脸颊,打烂他的牙齿。几年后他在一首诗中称这一天是他"再生的日子"。口腔疾病也成为民族战争留在他身上的印记:每当他感觉疲劳时,口腔就会发炎,这种不适陪伴他终生。

养伤时日,胡风先生在上海创刊的《七月》杂志引起他的关注:鲁迅手迹的刊名与它鲜明的抗战色彩,使他走向了这本刊物和它的创刊人。一九三八年三月十六日的《七月》(总第十一期)开始出现 S. M. 的名字。开篇是阵地特写,题目为《咳嗽》;接着是随感《血肉二章》、速写《三等射手》;之后是战役报告文学《闸北打了起来》、《从攻击到防御》、《斜交遭遇战》等。另外,以 S. M. 署名发表的还有散文、战地通讯、史话与抗战诗篇,有时甚至涉及文学理论,如刊于一九四一年四月(《七月》总第二十九期)的《真——关于战争文学》。

S. M. 给读者一个多面手的印象。他是谁?什么样子?一般读者与《七月》其他作者那时并不知晓,但是主编胡风先生一九三八年年初在武汉与他见过面,此后开始了作者与编者之间长久的通讯。他们的结缘可以说起于抗战,但在思想深处则出于对鲁迅精神的共同追随。在 S. M. 眼里,胡风先生在继承鲁迅先生的事业;在胡风看来,S. M. 是一名有潜力的刊物作者,是新兴的文学新人,于是介绍 S. M. 认识了武汉八路军办事处的吴奚如,吴又介绍这位追求进步的年轻人进入延安抗大学习。在新天地里,S. M. 开始书写国内第一部记录南京大屠杀和南京保卫战的报告体小说《南京》。

但"八一三"战役留给他的口腔疾患影响了他的学习,口腔炎症导致的发烧使他在军事演习中摔倒而眼球被野草刺伤,为了不致盲,组织批准他到国统区西安治疗。在医疗告一段落时,他发现返回延安的路径竟被封锁了。

S. M. 此后的人生之路比较曲折:他既然去过延安,又结识了鲁迅先生的忠诚追随者,内心世界自然只会向着光明,向着人类的进步方向;但他当时的人脉关系(同学关系)主要在国民党军界,而他的进步写作也需要一个唯物的环境做依托。在反复的思想斗争后,他做出对历史有益、对自己可能不利的选择:重回国民党军界,一面向地下党传递军事情报,一面继续以"S. M."的笔名从事抗战文学写作。他从西安到达重庆,报告体小说《南京》获得中华全国文艺界抗战协会征文奖。随后,他的抗战诗集《无弦琴》作为《七月诗丛》第一辑之一在桂林出版。更早,他的报告文学集《闸北七十三天》在香港出版。

无须更多,仅他的战地纪实报告、抗战诗集《无弦琴》及悲剧史诗般的报告体小说《南京》(一九八七年出版时改名为《南京血祭》),就无可置疑地奠定了 S. M. 抗战作家的地位。

但是"S. M."这个笔名却未能延用下去。一九四四年夏,他的进步写作被国民党军方发觉:文友写给他的一封信

《南京血祭》日译本

被军方拆开,信文有"S. M."这个称呼,于是他被约谈被警告。他将此事告诉了精通旧文学的朋友何剑熏,何建议他另换一个笔名,并自告奋勇为他帮忙。何剑熏手持一部《列子》,翻开后随手一点,点到《天瑞篇》的一个"垅"字。何顿时眼睛一亮,连声呼"好",并立马讲出一番道理。不过他还说"垅"前要加个"田"字,"田垅"作新笔名大吉大利。但后

一个笔名的前世今生　7

来笔名"田垅"并没有问世,一九四五年出版的《希望》刊物上出现的是"阿垅"这个名字。热心的何剑熏多年后谈及此事,调侃地说:大概是"听人劝,取一半"吧。

至此,S.M.转世为阿垅,但"阿垅"的名字多见于诗歌理论。除阿垅、S.M.之外,陈守梅还有其他许多笔名,"亦门"是其中常见的一个:一九四七年《闸北七十三天》补充篇幅,改名为《第一击》时,作者署名即由S.M.改为亦门;同年《无弦琴》再版,也署名亦门。

后来的历史,七十岁以上的国人可能还有记忆:一九五五年中华大地席卷起一场"粉碎胡风反革命集团"的飓风。"反革命集团"的"一把手"自然非胡风莫属,而"二把手"则认定为"阿垅",其本名陈守梅倒少有人知晓。说阿垅是"二把手",似乎有这样两个原因:一是解放前后他出版过几本评论,如《人与诗》、《诗与现实》、《作家的性格和人物的创造》、《诗是什么》,因而被有的人视为"集团"的理论家;二是解放前他在国民党军界就过职,尽管为革命做过贡献,还是被"不言而喻"地视为"反动军官"。

经过血与火考验的阿垅在其后的监狱生涯中,坚持"我认为,这个'案件',肯定是一个错误"。二十五年后历史终还他清白:"胡风集团案"被平反,天津市中级人民法院宣告他无罪,天津市文联为他和难友芦甸(文联秘书长)举行了追悼会。当《上海抗战时期文学丛书》重新出版他的《第一击》时,他的朋友耿庸将作者署名改成了"阿垅",因为这个名字不仅被打上了历史的烙印,而且较之其他笔名更呈现作者晶洁正直的品格。

阿垅在认识胡风前就参加了流血的抗日实战;认识胡

风后,获得成为抗战作家的客观条件。阿垅不是单纯的文化人,他是拿过笔握过枪的抗战志士,是对社会对民族对现代文学有所贡献的真正的战士诗人。

二〇一五年六月

(刊二〇一五年第十期《开卷》,二〇一六年第一期《文史精华》)

梅志,一位非凡的中国女性

九十高龄的梅志老人走了,她是二十一世纪之初,中国作家协会里年龄最大、资格最老的驻会作家,有着许多常人闻所未闻的经历。

七十多年前的她,一个纯真的江南女孩儿,爱好文学,向往革命。十四五岁,她在江西赣县开始阅读鲁迅先生的书,希望寻找正确的人生道路,并且热情地参加宣传革命和争取妇女解放的各类社会活动。十八岁在上海高中毕业时,她加入了左翼作家联盟。在左联内部,她认识了从日本归国不久的左翼文艺理论家胡风先生,俩人在共同的事业中培植了感情,并结为终生的伴侣。

上世纪的三十年代,在胡风的帮助下,梅志踏上了文学创作的道路,先后写出了许多朴实、真挚的文字,特别是为幼小读者写了不少童话诗和童话故事,现在五六十岁的人有不少还记得她塑造出的求仙的小面人、脱险的小红帽和苦斗的小青蛙。如果一直坚持自我写作,她是会留下许多精品的,但是她没有这样做。她当时拿出更多的时间和精力,协助胡风先生从事抗日救亡的文艺工作。在八年抗战的险恶环境中,在颠沛流离的日子里,她不计繁琐和辛苦,长期做着期刊、图书的编务、财务、发行等大量的事务工作,为中国抗日战

梅志先生

争的呐喊,为中国新文化的发展,尽了一个中国人的本分。在共同的生活和工作中,她深深体会和理解到胡风先生对中国新文学的热忱,对革命现实主义的执著,对"五四"传统的坚定,对鲁迅精神的继承。她深知:他是一个正直的中国人,渴望把自己毕生精力贡献给新中国、新文化,如他自己所说:"为中国新文学做些有用的实事。"

但命运之神并没有惠顾他们,在复杂的社会环境和曲折的历史进程中,胡风先生长期蒙受着极大的误解。这种不应有的误解延续到新中国建立后的第六年,他跌进一个可怕的政治深渊,直到四分之一世纪后才侥幸走了出来。他在抗战开始创办的、以鲁迅先生手迹为刊名的《七月》杂志,曾培养和团结了大批优秀青年作者,形成了一个被文学史家称为"七月派"的文学流派。而到一九五五年,这个文学流派却因为复杂的原因,被错当作是敌对的政治集团,遭到了残酷的打击和彻底的孤立。

俗话说:"夫妻本是同林鸟,大难当头各自飞。"在政治

灾难降临时,梅志这位瘦弱的江南女性却显示了极其非凡的品格,她勇敢地直面迎头而来的政治厄运。由于参加抄录胡风写给中央的三十万言意见书,她与胡风同时被拘捕。她一直记得分手时胡风向她投来的信任的目光,无怨无悔地接受了六年的单身监禁生活。十一年后的一九六六年,她又义无反顾地陪同监外执行的胡风,到四川省度过了极其艰难的十三年。"文革"开始不久,他们被四川省公安厅押解到四川芦山县劳改局苗溪茶场。胡风在茶场犯过一次脑溢血,一年后,他从监外执行再次被押进监狱,不久又改判无期徒刑。而梅志则被送到刑满释放人员的劳改就业队里继续"改造",五六年之后她又被送至大足县四川省第三监狱胡风的身边。此时胡风已经精神错乱,长期沉浸在想象的恐怖状态中。望着被折磨得脱了形的亲人,梅志难过非常,但是她知道也只有她,才能将他慢慢拉回到现实的世界中:在大墙内,她细心调理胡风的生活,帮他改变极度贫血的状况;她不断劝慰已经绝望的胡风,她说:"过去你叫我坚强,现在该我说你了。你要知道,这可是一场生命竞赛呀,一定要活着出去!"与胡风一起活着出去,是她当时最大的心愿。她坚持着,她相信自己,也相信胡风;她相信历史是公正的,因而相信胡风和她"最终一定能恢复成一个真正的人"。

如果没有梅志先生,胡风先生是不会活着走出大足监狱的,他的全身的疾病,包括他的被过度摧残的脑神经,都能一下子要了他的命。在历史新时期到来的两年后,一九七九年的一月,他们终于走出了监狱大门。当他们回到阔别多年的北京,住进分到的房子,终于又有了自己的家时,过去几十年灾难的阴影并没有随之消失,胡风的身体从内部已经被摧垮,前列腺疾病、精神病、癌症接踵而来。只是凭着医生的努力、个人的意志,他支持了六年多。在这期间,他拼命地工作,写下了五十万字的重要史料,最后,不得不带着极大的遗憾离开了人世。胡风并不是心安理得地离去的,在他和梅志最后一次见面时,他抓着她的手说:"有人又想诬陷我,这怎么得了!"这是他的真实感受,是社会当时尚存的成见、误解在继续伤害他:他在政治方面虽然平反了,但在所谓历史问题、文艺思想问题上,并没有获得公正的解决。梅志这时安慰他说:"你不要怕,这是不可能的。再说,有我呢!我会帮你说清楚的。"胡风听了信心不足地问:"啊,啊,你能说吗?"她回答说:"我能,能,一定……"

胡风与梅志

胡风先生走了,梅志牢记着她对他最后的承诺。她说:"我深感我有责任将一些被强加于他的莫须有的罪名为他洗刷干净,恢复他那被歪曲了四分之一世纪的本来面目。""我不能让胡风在九泉之下还感到彻骨的寒冷:人与人之间,除了寒冷外,更多的应是相互间的温暖。""这责任是严肃的,是义不容辞的。"忍着巨大的悲痛,梅志开始了回忆写作。但这不是一种纯文学的写作,更不是那种"可玩的文学",而是又一次"坐牢",又一次"回到大墙之内,重新做一名最下等的囚徒"。这种精神折磨的痛苦,非身历其境者是难于体味的。蘸着心中的血液,她把《往事如烟》、《伴囚记》、《在高墙内》……一篇篇、一本本的苦难回忆录写出来了。为了澄清一些历史疑案,便于后来人搞好胡风研究,她不顾年迈体衰,留下了大量第一手和第二手的资料。历史没有辜负她,胡风的冤屈终于被社会了解了,胡风的所谓历史问题和文艺思想问题也由中央作了全面的平反。

从一九七九年离开大足监狱算起,又是一个二十五年过去了。有人说:人在实质上只是世上的一个个流动的能量团,而能量团总有消耗殆尽的那一天。她的人生道路走得太沉重、太艰难,在她瘦小干枯的身体里,能量消耗得太多了,生命的火焰也在渐渐熄灭。她终于住进了医院(而她多年来是不愿意住医院的),并一天天衰弱下去。但她想着的仍然是别人,她对陪护她的小同乡小张说:"我不能死,我还没有和朋友们告别。"后来,她完全沉默了,看来她实在没有力气再说话,她更像在病床上沉思,也许她想到胡风先生,她已经完成了对他的承诺,她应该去和他重逢了,她决不愿意他长久地形只影单,不论在什么空间,他们都应该永远地相伴。

记得梅志先生写过一篇文章,题目叫做《珍珠梅》,她在文中描绘了一种无香的小白花,而那小白花似乎就是她自己朴实无华的内心写照。我在她的病房里还见过一盆数尺高的蝴蝶兰,那是她的单位中国作协在节日期间送给她的。兰花属于名贵花卉,古人喻兰为君子,而驰名世界的蝴蝶兰更居群芳之冠。当它与她相伴时,兰花正好象征了她那善良、无畏、富有责任心的人格,而她身上则同时呈现出一种圣洁之光。

随着我们的社会生活走向正常,梅志先生这样的遭遇今后也许不会有人再重复了;她的非凡品格作为宝贵的精神遗产,是会得到后来人的珍视和继承的。人们不会忘记梅志先生讲过的话:"在人与人之间,除了寒冷外,更多的应是相互间的温暖。"

二〇〇四年十月十日
(刊二〇〇四年第四期《三联贵阳联谊通讯》)

从童工到"胡风骨干分子"
——欧阳庄纪实

二〇一二年的国庆长假,人们多沉浸在探亲访友、休闲旅游的喜悦中,而在南京的一家医院里,一位八旬老人正与癌魔苦苦地抗争着。在海外学习的年轻儿子焦急地赶回来,心疼地搂抱着自己消瘦的父亲。在儿子怀里,老人终于闭上了那双光芒渐失的眼睛。

这位老人生前行走在大街上,并不特别吸引路人的注意;在邻居眼中,他是一位和善且关心世事的老者,非有心人不会知道他的名字与共和国的第一桩文字狱相联系。

青年欧阳庄

这桩文字狱的全称为"胡

风反革命集团案",发生于一九五五年,老人正是这起案件中的二十三名"骨干分子"之一。他复姓欧阳名庄,案发那年仅二十六岁,在"骨干分子"中,与张中晓是最年轻的两位。

不算年龄,欧阳庄也是一个异数。因为"胡风反革命集团"是从文艺界中"揪"出来的,与其他的"骨干分子"相比,他不是作家,不是诗人,也不是出版工作者;在上世纪四十年代他曾经是一名童工,五十年代是新中国工矿企业的一名领导干部,他从事的职业与文艺并没有直接的关系。

原本工人阶级中的一员,怎么会"进入"由文化人组成的"反革命集团",而且还成了"骨干分子"呢?这是一个值得人们追溯的问题。

童工出身的文学爱好者

欧阳庄于上世纪二十年代末出生在温柔之乡的苏州,却非富贵之命。他幼年丧父,靠做纺纱女工的母亲为生,母亲后来在贫病中亡故。应该说,欧阳庄出身于产业工人,是百分之百的"红五类"。因家境贫寒,他只读了半年初中,就不得不去上海毛纺厂当童工了,成为了一名少年打工仔,即中国无产阶级的一分子。

告别了学校,并没有中断欧阳庄对知识的渴求,图书馆对他有一种天然的吸引力,他总是想方设法去图书馆借书看。两年后他回到苏州在染织厂做练习生,很快注意到护龙街一处名"文心"的图书馆,强烈的求知欲促使他走进去,成为该馆的早期读者。而文心图书馆正是中共苏州地下党的外围组织,欧阳庄在这里不仅接触到马列主义与文学两大类书籍,而且还结识了对他的人生产生了重大影响的两位朋友:其中一位是唐崇侃,图书馆的第一任党支部书记;另一位是许君鲸,图书馆的干事,也是中共地下党员。他们比他略大一两岁,却有着明确的人生追求和丰富的人文知识,他们引导少年欧阳庄去多读书、读好书。而且,他们对鲁迅先生的热爱、对师承鲁迅的进步作家胡风的尊敬,也极大地影响了欧阳庄。他记得,那年唐、许二人专程去了上海,参加了鲁迅逝世十周年纪念会,回来告诉欧阳庄:鲁迅的大弟子胡风朴实得像个庄稼汉,这在他记忆里留下了深刻的印象。

一九四七年初,欧阳庄因失业到南京去谋生,唐崇侃为他介绍了自己在南京的好友徐光咏、吴人雄等人。年底,唐崇侃自己也奉命撤离苏州,来到南京。他向欧阳庄、吴人雄建议创办一个油印文艺刊物,读者设定为苏州文心图书馆、南京青年会、上海文学社团的文学青年们。欧阳庄、吴人雄当时已是地下党员,办刊初衷自然与地下党人的宣传工作有关。办刊资金来自收入尚可的徐光咏、吴人雄二人,欧阳庄负责编务事宜。小刊刊名经几位创办者讨论,从办刊创议者唐崇侃的寓言体杂文中选用了"蚂蚁"两字,定为《蚂蚁小集》。创议者本人为创刊号留下一首诗后进入了解放区,成为刘邓大军的随军记者,不幸于当年牺牲。但《蚂蚁小集》却办起来了,十六开的丛刊改为铅印,每期印数五六百,先后出版了七期,各期的题目依次为:《许多都城震动了》、《预言》、《歌唱》、《中国的肺脏》、《迎着明天》、《歌颂中国》、《中国,你笑吧》。时间跨度为一九四八年三月至一九四九年七月,刊物本身的题目,正好勾勒出中国社会那段转折变迁的过程。

数年后大陆发生了反胡风运动,运动后为迎接新中国诞生而创办的《蚂蚁小集》被列为"胡风派"的"反动刊物",遭遇被政治否定的命运。多年后欧阳庄撰文说:"我作为编者之一,认为派它是'胡风派'刊物,可以说是,也可以说不是。"

为什么欧阳庄说了"是"又说"不是"呢?

可能因为历史不是单线条发展的。说"是"是因为《蚂蚁小集》与七月派(有人蔑称为"胡风派")作家客观上有过某些关联,有相当数量的刊物稿件来自这些作者;而且第四期后,七月派作家还参加了编辑工作,如五、六期化铁参加了编辑,第七期化铁、罗飞、罗洛参加了编辑,而欧阳庄倒没有参与。

但说"不是"也有相当充分的理由,如创办的初衷、办刊经费的来源,就是稿件本身也有不少来自非七月派作家,如屠岸、左弦、红芦及"文心图书馆"等社团的文学青年们,还有解放区作者的一些作品。

也许说《蚂蚁小集》是由苏州地下党的某些党员创办,而后七月派作家友谊介入更客观一些。但这样说难免有人奇怪:为什么会出现友谊介入的情节呢?《蚂蚁小集》又是如何由特定区域走向社会的?追溯历史,这原因及这变化与作为编者之一的欧阳庄与青年小说家路翎的结识不无关系。

青年路翎

欧阳庄是偶然认识路翎的,他的人生轨迹本来与路翎

从童工到"胡风骨干分子" 19

并不一定相交。在苏州的文心图书馆里,欧阳庄受到唐崇侃和许君鲸的影响,对七月派作家的作品颇有好感,觉得那些诗歌、那些小说鼓舞人心,催人向上。他记得在当时图书馆的读者中,有十几个人等着读路翎的小说《财主底儿女们》,于是大家只好限定:每人只能读三天。欧阳还记得一个朋友对他说过:在陌生而混乱的地方,路翎的小说可以给人生活的勇气。可见当年在国统区的青年中,路翎是有相当一批热心读者的,欧阳庄即是其中之一。

抗战胜利后路翎"复原"回到南京,欧阳庄因生活所迫也来到这座城市,于是他们的地理距离接近了。一九四七年夏天,路翎的话剧《云雀》公演,十八岁的欧阳庄观看了这台话剧后,抑制不住兴奋的心情,就给自己心仪的天才作家写了一封信。写信是为了宣泄感情,并没有什么奢望,不料却很快收到了路翎谦逊的回信。路翎在信中说"给予是相互的",这使得年轻的欧阳庄深深被感动,决心和路翎做相互给予的终生朋友。

善良的人总是将朋友的朋友视为自己的朋友,于是当时流动到南京的几位七月派作家很快就成了欧阳庄和苏州地下党文友同志的朋友。一九四八年的元宵节,在徐光咏家中摆下丰盛的宴席,被招待的客人有路翎、方然、冀汸、阿垅等七月作者,大家把酒言欢、相见恨晚,于是支持《蚂蚁小集》、义务供稿,就成为路翎及其朋友责无旁贷的事情。

认识胡风、进而影响胡风

如果欧阳庄仅仅只是路翎的一名崇拜者,他未必会卷入"胡风集团案",即便受到影响,程度也有限,决不会成为什么"骨干分子"。

一九四八年,为了多渠道扩大《蚂蚁小集》的销路,经路翎介绍,欧阳庄与胡风见过几次面。他发现这位社会知名人士也和路翎一样是平等待人的。胡风不但介绍欧阳直接去自己讲课的夜校,向学员面对面地推介《蚂蚁小集》现刊,扩大刊物的读者面,而且还为《小集》提供了一些解放区和国统区作者的稿件。胡风对欧阳庄说:"用与不用,全由办刊人定夺。"完全是商量的口气。

晚年胡风

因为欧阳庄单位有新工程在上海,一九四八年底他被调往上海工地。《蚂蚁小集》的第五期和第六期他是在上海与化铁合编的,化铁也是路翎的一位朋友,当时在龙华机场当气象员。《小集》第六期印了一千册,因欧阳庄居住的上海工地不便存放,大部分就存放在胡风夫人梅志那里,胡风当时已去解放区。一九四九年三月的一天,欧阳庄携稿件去龙华机场找化铁,却不知道该机场因前不久有飞机飞往解放区已换特务值守,结果他与化铁双双被捕,并受到严刑拷打。在狱中同志的帮助下,他们的口供终于趋于一致,又经化铁亲友和梅志的奔走,他俩被营救出狱。欧阳庄没有暴露党的组织,也没有暴露存放《蚂蚁小集》的真实地点。这段人生经历加深了他与胡风家庭的感情。

很快中国大陆发生了翻天覆地的变化，欧阳庄参加了军管会工作，并接管了解放后的南京下关发电厂，成为该电厂的首任党支部书记。路翎曾来该厂体验生活，在他写小说《朱桂花的故事》与剧本《人民万岁》时，一些人物原型即来自他在基层体验生活的所见所闻。下关发电厂一位名李士海的全国劳模，引起了胡风的关注，为了写好这个新社会的新人物，胡风专门写信给欧阳庄，了解这位劳模的种种细节。时代的变迁，提升了欧阳庄在胡风眼中的分量，他成为胡风另眼相看的一位特殊朋友。欧阳庄的特殊在于：一、他是工农兵的代表；二、他是共产党员；三、他是年轻人，有着鲁迅先生所说的朝气和锐气；四、他是路翎的朋友，路翎的朋友自然也是胡风自己的朋友。

不过新时代带给胡风的是双重的影响，政治上他热烈欢呼《时间开始了》，人事上他却感觉憋闷和不快。过去的争辩对手成为新政权的文艺领导官员，他感到受排挤、丧失了话语权；从文艺规律出发，他也不同意当时文艺界推行的某些政策。一九五二年在北京召开的"胡风文艺思想讨论会"并没有说服胡风本人，会后公开发表的林默涵的文章《胡风的反马克思主义的文艺思想》及何其芳的文章《现实主义的路，还是反现实主义的路》，更让他感觉无法接受。在国统区进步文化界，他曾感受过周恩来等共产党高层领导的关怀和帮助，党外的政治生活经验使他相信：党内最高层的毛泽东是可以理解支持他的。因此在一九五三年搬家到北京、生活安定后的一九五四年，胡风开始了与最高层沟通的努力，花了几个月写作《关于解放以来文艺实践状况的报告》，准备上呈。

对于史称"三十万言"的这个报告,胡风周围的一些青年朋友是赞同的,这些人后来多被卷入"胡风集团案"。而欧阳庄本不在北京工作和居住,更不是文教宣传系统的人,他倒有可能躲开这桩案件,但结果他不但卷入了,而且还被深深地卷入。也是机缘凑巧,就在一九五四年,欧阳庄所在的下关发电厂要引进两套捷克的发电设备,这是"一五"计划中一个不小的项目。捷克专家下榻在北京,作为发电厂主要负责人的欧阳庄也来到北京,跟捷克专家谈判引进事宜。捷克人要修改图纸,欧阳就在北京等着,一等就等了两个多月。他在北京没有亲戚,却有朋友,路翎平日要上班,所以已经熟悉的胡风家就成了他的主要去处。据胡风日记记载,欧阳庄这两个多月去胡风家不下五十多次。因为胡风正在写"三十万言",欧阳庄就自然介入其中。

胡风的"三十万言"分成四个部分:一、几年来的经过简况;二、关于几个理论性问题的说明材料;三、事实举例和关于党性;四、作为参考的建议。

胡风的写作顺序是:二、一、三、四。先写完的第二部分(理论)他请欧阳庄读过;随后写完的第一部分(经过)又请路翎和谢韬看了;读过第三部分(问题)的是绿原、路翎和欧阳庄。第四部分(参考)的阅读者在胡风日记中没有记录,可能是漏记了,但欧阳庄肯定也是看过的,因为多年后他还记得其中的一些内容。这样从大面上看,欧阳庄至少阅读了"三十万言"四分之三的内容。他能阅读这么多,一个原因是他当时有空闲时间,另一个原因是胡风对他非常信任。

欧阳庄不是一个被动的阅读者,虽然他不是文坛中人,但他也是一位来自工人阶级队伍的文学青年,他关心文坛,更关心新中国的文艺事业。他非常支持胡风给党中央上书,认为胡风是真正希望中国的文艺走上正轨的,心存一片诚意。他对胡风说,解放几年了,文学界的一些状况是要改变一下。他特别欣赏胡风的建议部分,觉得那些意见非常好,例如关于戏剧怎么搞、电影怎么搞,都是一些实践性的问题。胡风提出的导演中心制,他还认为是一个创意。

第四部分的建议,胡风写出来原本没打算放入报告中,而想留在自己手里,因为这是他几十年的经验和心血,他想如果报告效果好,再提建议也不迟。但是年轻的欧阳庄却有不同的看法,他再三劝说胡风:"你要相信党。既然你搞了这么多年,有了自己的想法,就应该完全地交给组织,建议部分应该附上去。"出于对工人阶级的信任,五十二岁的胡风接受了这位二十五岁党员朋友的建议,后来把自己对文艺工作的建议毫无保留地交了上去。

另外,欧阳庄还特别叮嘱胡风说,写报告给党中央这件事情,千万不要随便告诉别人,不要让很多人知道,以免造成误解。写报告是让党中央来处理问题的,信息泄露出去,扩大了影响,可能对党不利。胡风也接受了欧阳庄的这个意见,除了向少数人征求过意见外,平时要好的一些朋友他都没有讲。有的人多年后对胡风的这一做法表示了不满,认为胡风有"圈子中的圈子",其实胡风的"有所区别"是受了欧阳庄的影响。而且没有获知"三十万言"写作信息的人,日后即便卷入"胡风集团案",也相对"罪减一等"。

胡风一九五四年七月七日的日记有如下内容:

校改。

绀弩引无耻和何剑薰来；即骂出门去。

欧阳庄来。把报告装成册子。共四件：

一、（题目略，下同，笔者注）

二、

三、

四、

寄出给习仲勋的信。

开始抄呈中央的信。

七月七日这天，可以说是胡风的一个人生节点：他几个月的辛劳终于走到了终点。从日记文中第三行可以推测，"三十万言"的文本装订是欧阳庄帮助完成的，动手能力强的欧阳不会看着胡风装订，而自己袖手旁观。另外，聂绀弩引舒芜上门，激化了双方的对立和矛盾，舒芜手头胡风信件的整理可能就是这之后的事情，灾难的爆发已为期不远。

舒芜和欧阳庄两人都是先认识路翎，成为他的朋友后，又由他介绍给胡风的，但是这两位朋友，却走向了两个极端。

胡风于七月二十一日将报告交给了习仲勋，感觉如释重担。欧阳庄于八月九日返回南京，不过十月中旬重又来到北京，这一次他赶上了文艺界的另一桩大事。

十月三十一日全国文联主席团和作协主席团召开了扩大联席会议，批判俞平伯的《红楼梦》观点和《文艺报》在该批判中暴露的错误。

胡风隐隐感觉这是党中央对"三十万言"的正面回应，

感激之情油然溢出。三十一日这天,有五位朋友来到他家,他们是欧阳庄、胡征、芦甸、路翎和绿原,自然话题不离文联会。会议还要延续若干时日,胡风与路翎都是会议的参加者,他们与会发言还是不发言,朋友们对此有所争论。多数人倾向于发言,其中欧阳庄和芦甸意见最坚定,欧阳庄鼓励胡风说:"毛主席在看着你,就等你发言呢!"这无产阶级的朴素语言,无疑增强了胡风发言的信心。

胡风于十月七日和十一月十一日两次作了重点发言,路翎也反驳了对他作品的生硬批判。

而历史是诡异的,胡风写给党中央的"三十万言"报告转到了中宣部林默涵的手中,周扬在十二月八日的大会上发出号召:"我们必须战斗!"胡风的发言终于引起了毛泽东的关注。与常人的思维不同,最高位者关注的是政权的稳定,国内的任何动向,都可能与蒋介石的"反攻大陆"相联系。一九五五年五月,当毛泽东在周扬报送的《文艺报》的校样材料中,看到胡风的"罪状"(林默涵为舒芜材料拟定的醒目小标题)和人证(舒芜)、物证(精心摘编的胡风书信片段)时,有丰富阶级斗争经验的毛断定,这是活生生的"阶级斗争教材",大笔一挥,一批普通的文化人就被定性为"美蒋势力"在大陆的代理人。

也许胡风与路翎不在文联会上发言,事态不会急转直下。日后欧阳庄可能多次回忆过这段历史,他会不断地反问自己:自己支持胡风写"三十万言",对,还是不对?自己鼓励胡风在文联会上发言,好,还是不好?最后他应该能够得出这样的结论:自己毕竟太年轻、太单纯,对中国历史的了解,还是太少、太少。

"苏州一同志"是他永远的痛

欧阳庄的无产阶级出身和他的共产党员的政治资历没能成为他的护身符,他与他钦佩的路翎和胡风一起跌进了政治的深渊。

一九五五年五月十六日他在南京被拘捕。天未大亮,就有人敲门,来的是发电厂厂长和一个陌生人,厂长说要去开个会,欧阳庄以为是谈引进工程项目的会议,于是上了车。汽车没有开到发电厂,而是开到玄武湖边。进到一间小洋房后,有人交给厂长一封信,厂长看后脸色刹白。欧阳庄要过来一看,上面写道:"你厂欧阳庄有严重的政治问题,应予审查。"于是明白自己牵涉进胡风问题。三天前《人民日报》发表了署名舒芜的《关于胡风反党集团的一些材料》,可是欧阳庄没来得及阅读,之后的第二批、第三批《材料》他更是无从见到。

经过一年多的审讯,他知道的事情都说了,他相信自己没有反对共产党,没有反对党的领袖,也没有反对党的文艺思想。一九五六年国庆前后,欧阳庄发现审讯员对他说话的口气缓和下来,还说"胡风集团"也是可以一分为二的,有些人检查一下就行了。"快结案了,有希望出去了。"欧阳庄猜想。

可是历史又和他开了一个残酷的玩笑。一日审讯员拿给他一个复件,其中有他一九五一年六月二十四日写给胡风信中的一句话:"苏州有一个同志可谈(在市委工作,党员),此人在解放初期受了打击('自由主义'),可能斗志较差,但可一试。"复件上还有一个注释、一条按语。注释是对"苏州一个同志"做的:"欧阳庄向胡风报告他发现了苏州有一个可以'联络'的人。他们发现犯了错误的共产党员,就认为是'可谈'的、也就是可以'争取'的对象。"而编者按更加严厉:"一切犯有思想上和政治上错误的共产党员,在他们受到批评的时候,应当采取什么态度呢?这里有两条可供选择的道路:一条是改正错误,做一个好的党员;一条是堕落下去,甚至跌入反革命坑内。这后一条路是确实存在的,反革命分子可能正在那里招手呢!"

这个复件应该是成书的《关于胡风反革命集团的材料》中的一页,社会上的人当时即便不知道按语是毛泽东的手笔,也会猜到它出自高层。可是已和社会隔绝了一年多的欧阳庄不知道,他一年多没有见到报纸,也不知道"胡风集团"的定性和全部案情,他只知道事实不是这样。他写信是告诉胡风他想请一位朋友谈谈对路翎小说的看法,怎么会是"反革命的招手"呢?简直是天大的误解。所以在审讯员笑问他对按语的看法时,他直率地进行了辩驳。他根本不知道,他的辩驳就是"反毛泽东"的"现行"。审讯员不动声色地叫他把辩驳写出来,第二天他写完交出,第三天就被正式逮捕入狱。

在狱中的单人囚室里,他呆了整整十年。开始两年,年轻的欧阳庄无法平息自己的情绪,他用头撞墙,用拳头捶墙,愤愤不平,几近发疯。他读过《共产党宣言》,记得《宣言》里是反对单身囚禁的。他在内心叫喊:"胡风问题就是个理论问题,不是政治问题!什么反革命不反革命的,只是不同意见吧!"他晚上睡不着觉,头发大把大把地脱落。

时间磨平了他的心态,他安慰自己:哪里黄土不埋人啊!历史上的一些冤案不是也平反了吗?熬下去再说吧。

他可以看报纸了,一张报纸从头看到最后一个字;囚室里没有椅子,只能坐在地上,年深日久,他的背驼了,脖子和腰椎都出了问题,走路也歪歪斜斜的。单独被关押,开始还面壁背诵点什么,时间一长,话也不会讲了,离开监狱后他发现跟人说话已词不达意。就这样从二十六岁一直关到三十六岁,一九六五年底检察院给了他一个书面材料,告诉他免予起诉,之后他被送到一个农场劳动改造。这一年胡风在北京的法院被宣判,所以欧阳庄也结束了牢狱之灾。

在农场又是十五年。让欧阳庄感到侥幸的是,这个农场不是劳改农场,而是一个部队农场,类似一个建设兵团。不再被单身囚禁,能够参加劳动,而且不饿肚子,他的体力慢慢恢复了。因为是监督改造对象,他比农场的战士劳动时间长很多。中午别人午睡,他要干活除草;晚上别人收工了,他还得扛稻子、扛巴豆、送仓库、打扫晒场。平日他可以跟人讲话,但不能谈政治。别人下棋,他可以观战,但时间稍长,就有监督者提醒他注意改造。别人可以成家,但是他不行,因为他是被监管人员。在农场的最后两三年,他被允许探亲,但是他已没有直系亲属,父母早已双亡,妻室从来没有,苏州已无亲戚,只好去其他城市探望舅父家的表哥、表弟。日子一年一年地重复着,在漫长的岁月中,他心中藏有一个渺茫的希望,希望有一天自己头上的敌我矛盾能够变性为人民内部矛盾。

"文革"结束后几年,农场里有信息传播:有的地方已经在解决"胡风分子"的问题,上海已给彭柏山开了追悼会。欧阳庄的平反过程后来也很简单,江苏省检察院派人到他所在的射阳农场分场开了个职工会,宣读了一下平反文件,第二天欧阳庄就回南京原单位了。

回南京后,他看到了中发(1980)76号文件,即"胡风集团"案件的政治平反文件。看了之后,他才知道过去对他的结论,除了"胡风骨干分子"外,他还有一顶"叛徒"帽子。他吓了一跳,文件继续看下去:"欧阳庄被国民党逮捕期间没有暴露共产党员的身份,也没有不利于革命,不利于党的言论,撤销原来的'叛徒'结论。"至此他不知道该笑还是该哭,他竟毫不知情地当了二十五年"叛徒"!所谓"叛徒"自然是指一九四九年三月他与化铁一起被国民党逮捕一事,这段经历不是在解放后整风、清理中层等运动时,早有明白如实的结论吗?欧阳庄无限感叹:如果当年就知道自己被定为"叛徒",恐怕真还坚持不到平反这一天。

许君鲸(一九八〇)

平反之时,他已年过半百,一九八二年成家,一九八七年生子,到暮年终于走进寻常人的生活。但他的内心却常常无法平静,他发现很多人曾被他"株连"。主要有这样两拨人,一拨是单位同事。听别人说,一九五五年市委书记亲自到厂里蹲点抓反胡风斗争,凡跟他有关系的人都要进行交代。因为他是总支书,于是工会主席、团委、跟他有工作接触的所有干部全部被审查。另外一拨受他"株连"的就是苏州"文心图书馆"的朋友们,其中受害最深的就是许君鲸,著名的"苏州一同志"。许君鲸比他只大一岁,青年时就求上进,好读书,入党前为了验证自己能否经受革命考验,曾用火炙自己的手掌。他爱读七月作家的作品,却不认识胡风,与"三十万言"更无关系。如果不是欧阳庄为路翎被批打抱不平,写信告诉胡风他想请许君鲸为路翎写篇文章,不知他是否愿意,信中连名字都未出现的许君鲸不会被卷进这桩政治冤案,最多是个"影响分子"。而实际上许君鲸的遭遇比欧阳庄更悲惨:他被开除党籍,被发配到青海劳改农场,饿得吃蛇、吃老鼠,还险些被狼吃掉。当青海劳改农场也无法收容他,被遣送回原籍后,他只能住在猪圈里,没有起码的生存条件,身边也没有一个亲人。险恶的人生遭遇摧残了他的身心,虽然熬到了平反,他已没有气力继续走下去,六十岁就作了自我了断。每每想起许君鲸对自己的读书引导,每每忆及这位朋友的人生结局,欧阳庄就感到心里一处不愈的伤口在流血,对这位朋友他负疚终生。

而对路翎欧阳庄却毫无愧色,因为他们一起承担了历史的责任,经历了共同的苦难。路翎曾经的那位友人舒芜,认识路翎的时间倒是更早,并与路翎同吃同住同写作过,但政治风浪来了,为了自救,迎合了某类需要,竟写出公开信向自己的朋友叫板;在朋友遭难多年后,又写出冗长曲折的文字为自己辩解,却不曾写下五个简单的汉字:"对不起,路翎!"

历经磨难的欧阳庄现在当已步入某个多维空间,左手挽着路翎,右手扶着许君鲸,彼此在会心地微笑吧。

二〇一三年五月
(刊二〇一四年第二期《新文学史料》)

生命的极致
——纪念罗洛叔叔

罗洛叔叔离开他深爱的人间和事业已经十年了。在一个忙碌的社会里,他给人们留下的印象可能正慢慢被淡忘,不知为什么我却常常想起他,想起他那温和的笑容,慢条斯理的谈吐和待人诚挚善良的真心。

罗洛叔叔是父亲绿原青年时代的诗友,一九五五年他在上海、父亲在北京,分别被

罗洛(一九五七)

卷进所谓的"胡风反革命集团"案件。直到一九七九年召开第四届文代会,他们才在北京重新见面,此后近二十年(一九九八年罗洛叔叔去世),彼此一直保持着真诚的友谊。

父亲丧失写作权利多年后重新提起诗笔,对诗坛不免感觉陌生,而罗洛叔叔对他的恢复写作一直十分关心。记得一九八二年初《诗刊》发表了父亲的长诗《歌德二三事》,罗洛叔叔很快写信来说:"你的《歌德二三事》已读到,的确有所突破。四十年代,梅兄写裴多菲,着重写人生,你的伽利略写了真理,主要从政治着眼。这篇则写了人、艺术和时代,更有思想深度。而且你专找难题给自己做,在别人写不出诗来的地方发掘出诗来。"《伽利略》是父亲过去写的一首长诗,罗洛叔叔对父亲的理解,增强了父亲继续写诗的信心;同时罗洛叔叔又常常提醒父亲注意休息,不要过度劳累。

罗洛叔叔信中提到的"梅兄"指的是阿垅老伯,他是"七月"诗派中一位卓有成就的老诗人,因"胡风案件",一九六七年瘐死狱中,没有看到冤案平反的一天,也永远不能自己编集出书了。而罗洛叔叔一平反,就一直多方搜集阿垅老伯的作品,希望让世人早日再读到这位老诗人。他与耿庸先生共同为阿垅老伯编制的年谱,是一份十分宝贵的历史资料。

还有路翎叔叔,他是一位极有才华的小说家,但二十多年牢狱之灾损伤了他的头脑。"胡风"案件平反后罗洛叔叔尚在青海,尽其所能帮路翎叔叔发表劫后的诗作,希望他能逐渐恢复精神健康。一九九四年路翎叔叔不幸离去,罗洛叔叔在给父亲的信中说:"翎兄突然辞世,使我感到很突然,也有一种说不出的难受。"几天后《羊城晚报》刊登了他写的《遥祭》,其中有这样的文字:"路翎的每部作品,都是具有独特价值的独创性作品。"这一评价浸润着罗洛叔叔对朋友的慧眼和至诚。

平日每看到友人的不幸,他就心里难过,只要能帮上忙,他总努力去做。就我所知,他曾想帮助一位困境中的阿姨解决生活问题;他还在繁忙中多次给受父母政治错案影响遭遇不幸的青年复信,鼓励他们向前看,努力学习,发挥出自己的潜能。罗洛叔叔的良善之心给我留有深刻的印象,通过他和父亲的长期交往,使我进一步了解了他。

罗洛叔叔原名罗泽浦,是家境贫寒的成都人,从小就勤奋读书。解放前他念中学,参加进步学生运动,担任成都中学学联执委和《学生报》编辑。一九四六年考进华西协和大学,继续从事进步的学生运动和文艺活动,两年后遭到国民党特务的监视和追捕,流亡到上海、江浙一带。一九四九年正式参加工作,一九五三年入党,并到上海新文艺出版社当了一名编辑。一九五五年反胡风运动的政治风暴,牵涉了不少文化人,时年二十八岁的罗洛叔叔也没能幸免,他于一九五六年被开除出党,并受到撤职降级处分,一九五八年又被单位扫地出门去了青海省。

罗洛在新时期

在政治第一的国度里丧失了政治生命,自然很难说有什么前途,采取混饭吃的生存方式无可厚非,但是罗洛叔叔没有沉溺在悲观中,而是将自己一贯的勤奋精神发扬光大,努力学习新知识。一九六四年他调入西北高原生物研究所后,自学了大学生物专业课程,并在已有的英语、俄语基础上自学了德日法等语种,从而担任起翻译、编辑、情报分析三项工作。这时,他不仅创办了《生物学动态》《国外科技资料选译》《生物学译丛》等情报刊物,而且翻译了上百万字的科技资料,如美国学者的专论《西藏及其鸟类》。他撰写的《关于青藏高原国外文献的收集和研究》获青海省自然科学论文奖,其著作《沙俄在我国边境地区的考察活动》成为大学历史系的教学参考。他还编辑了英汉对照的《青海地名初编》及《生态学新词》等工具书。在新时期,罗洛叔叔还以科学家的身份,参加青藏高原国际科学讨论会。有人问过他,为什么在逆境中还能做出这些成绩,他回答说:"比起革命先烈,我个人的这点委屈又算得什么呢?我很充实,也很乐观,从没有丧失过信念。"在给友人的信里他说得更明白:"二十年来的经历,似乎没有什么可说的,不过就如鲁迅说的那样,把别人用来聊天、喝咖啡的时间,用来读书写字就是了。"

罗洛叔叔在一九八〇年上半年恢复了党籍,上海出版系统要调他回去。从落实政策的角度讲,调他回上海也是正常的,但他却没有立刻走,因为西北地区需要干部。他继续在青海和甘肃又工作了三年多,直到一九八四年大百科出版社再次商调,才更换了工作地点。

在我的印象里,罗洛叔叔调回上海后特别忙,但他仍然挤时间写诗,他实在舍不得放下青年时代就拿起的诗笔:他在列车上写,在汽车上、飞机上写,在招待所微弱的灯光下写,还在上下班的路上斟酌诗句。他写了很多,也想了很多,他认为,诗人应该真实地反映现实生活,不美化、也不丑化生活;他的诗作应该保持"自我"即自己的艺术个性,它是与大海息息相通的一滴水,通过这滴水反映出有典型意义的社会情绪,方能体现一首诗的社会价值。

罗洛(一九九五)

一九九〇年他调往上海作协工作,虽然在社会上,人们可能视他为"官",我却没有觉出罗洛叔叔在为人上有任何变化,他来北京开会或出差路过北京,总要抽时间来我家坐坐,依然像过去一样和蔼可亲。我曾问他在作协做些什么,他说他的责任就是为上海的作家"服好务"。我相信这是他的心里话,也是他的真实作为。据说与他在作协共事的人认为,他是"特别好相处的领导,通达随和、宽厚,既坚持原则又尊重别人的意见,绝不会为某个具体事情而情绪冲动,简单处置"。

万没想到罗洛叔叔会患上凶险的疾病,更没想到这疾病没有与他"和平共处",而是很快夺走了他的生命。听说他在病榻上还在感叹"责任没有尽完",还惦记着为那年的水灾捐款。我心中不禁叹息:多好的人啊!对工作,勤恳认真,忠于职守;在不同的领域,都能刻苦钻研,做出成绩。对人无不至诚相待,哪怕被汽车撞成骨折住院期间,还在教医护人员学英语。对己则不断地燃烧,哪怕工作再忙,也不甘心放下手中的笔。他集诗人、翻译家、编辑出版家、生物学家于一身,是少见而勤奋的多面手。他的一生是奉献的一生,我想也许这就是生命的极致。

早年(一九四七年)罗洛叔叔写过这样的文字:"我们伸出我们底手,只是给与,不断地给与,捧着我们的心里的阳光。即使这是没有报偿的给与,即使这是不给报偿的给与。我们早知道,这世界是不会以爱还爱的。"罗洛叔叔已经实践了自己当年志在"给与"的诺言,而世界呢,难道世界果真不会以爱还爱吗?

二〇〇八年十月
(刊二〇〇九年八月二十二日《文艺报》)

相逢把酒每慨然
——怀念何满子老伯

听到何满子伯伯离世的消息,好几个月我在心中都不愿相信,这位达观的老人家、可爱的老顽童,真的从人间走掉了,我宁愿相信,他是在与朋友和亲人开玩笑,躲到哪里去了。

满子伯伯是父亲绿原在上世纪七十年代末结识的朋友,可能是共

何满子先生

同的政治遭遇,使得他们一见如故。那时十年浩劫结束不久,拨乱反正方兴未艾。一九五七年被扣在五十五万人头顶上的"右派分子"帽子,已经一顶一顶在摘除,但更早的所

谓"胡风反革命集团"的冤案平反还没提上日程。父亲是上世纪四十年代前期,因为参加出版《七月诗丛》认识胡风先生的,后来又在胡先生办的《希望》文学刊物上发表过一些政治抒情诗。没想到作者和出版者之间建立的友谊,日后会被纳入"胡风反革命集团"这样一个政治范畴,说来很冤枉;但是满子伯伯却是冤上加冤:他与胡风先生既没有投稿关系,也没有私人关系,只因为他的朋友认识胡风,他也就被株连上了,一九五五年竟也被划入"胡风反革命集团",戴上一顶可怕的"胡风分子"的帽子。

走过二十多年的艰难路程,到七十年代末满子伯伯已是奔六十的人了,但却像年轻人一样充满了朝气和锐气,并对未来充满了希望。在"胡风集团案"平反之前,何伯伯就写信对父亲说:"盼望……在善自珍摄的情况下多写东西"。而他自己则更是勤奋,只要两周时间没写文章,他就要责备自己。

何伯伯是学养深厚的文化人。早在一九四五年冬,他就为毛泽东诗词《沁园春·雪》作过曲,可能还是最早的作曲人。那曲曾在成都各大学中传唱一时。

记得八十年代末、九十年代初,他与他的小女儿来过北京,曾到我家来与父亲叙谈。我知道他是古典文学专家,就插空向他请教:成都西南四十里有一座宝光寺,寺内有一副对联:上联是"世外人法无定法,然后知非法法也",下联是"天下事了犹未了,何妨以不了了之"。下联似乎还容易明白,上联我琢磨过好久却不知所云。结果何伯伯三言两语就将上联为我讲解清楚了,而且我还得知,佛学是门深奥的学问,并非平常人以为的所谓"封建迷信"。

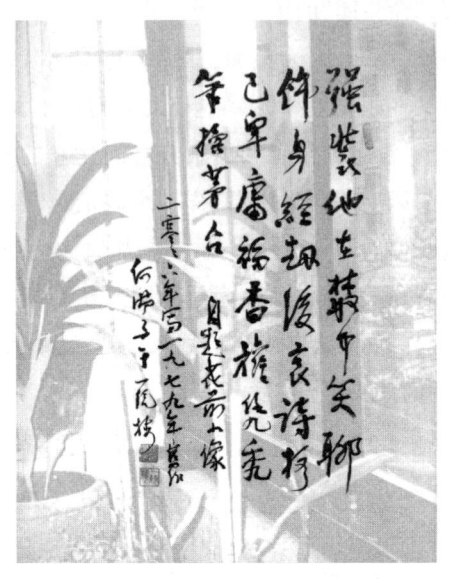

何满子手迹

父亲在九十年代写过一首诗,题名《学诗五十年一无所获有感》,他将该诗抄寄给何伯伯,那是一首新体诗:

怎么他也逃不脱这片沙漠
烈日笑他是一条涸辙里的鱼

万幸他发现一只活命的水袋
可叹不是水是满满一袋子珍珠

珍珠救不活渴毙的迷途者
倒装饰了他十指掘沙的遗骸

他逃不脱的沙漠原来是人生
他所发现的珍珠是一颗颗天籁

何伯伯很快回应了父亲一首《菩萨蛮》：

平沙涩涩果无极，
诗人跋涉熬饥渴。
忽见珍珠袋，
珠泪映沧海。

珍珠系天籁，
可惜无人会。
无处诉辛艰，
匆匆鬓已斑。
（一九九三年九月十八日）

读了这首《菩萨蛮》，我体味到人心与人心之间的相通。我想：何伯伯虽然爱写古体诗词，但同时他也是懂新诗的，虽然他从不标榜自己是诗人，但实际上他是有一颗诗心的。

平日这两位老朋友经常书来信往，除了谈诗论文，何伯伯的信中总是洋溢着真诚的友情。例如他在一九八九年的一封信中说："信所以拖拉得如此长，是为了换换你的脑筋，免得你一天到晚唶唶地伏案作牛做马。"

九十年代初父亲翻译《浮士德》的时候，何伯伯写信嘱咐他说："译事仍宜劳逸结合，做个把钟头活动一下，以节省目力。且三四千字如一口气做，颈椎也不好，盼注意。"后来父亲把《浮士德》译完了,何伯伯写信来说:"《浮士德》付印诚一大事,非仅兄之大事,亦为中国一大事。……上次若琴来,知兄伏案不肯离去的废寝忘食之状,一面自愧弗如,一面仍为兄过于劳累为忧。须知兄乃万金之躯,务须细水长流,以期为中国多做些事。"

一九九五年邹荻帆伯伯去世了,父亲很感伤悲,这种情绪在给何伯伯的信中有所流露,何伯伯回信劝他:"友朋凋落,固然要深感落寞,但觉得这些好人去了,自己更要多做些事;而且,留心观察,世上也有些不坏的人,文人的新一代中,弟就发现了不少有作为的人,识与不识,均可引为同心,也有乐观的理由。"

二〇〇一年,父亲大病了一场,何伯伯又来信鼓励他说:"这也是命运对你的又一次恶作剧性的考验。你终于挺过,虽未如贝多芬似的扼住命运的喉咙,至少打了个平手,没有给打倒。"

何伯伯对朋友是一片纯粹的真心,他曾坦率地承认:人到老年,没有其他欲求,只想和朋友聚聚,谈谈天。

一九九四年,何伯伯、吴仲华阿姨、冀汸伯伯、殷蓉仙阿姨、曾卓伯伯、薛如茵阿姨、邹荻帆伯伯,还有父亲,这八位老朋友聚集在庐山,共叙友谊。虽然他们腿脚都不年轻了,但心却一如青年时代。何伯伯曾赋诗多首,其中一首云:

> 险峰抑或仙人洞
> 老步攀登实在难
> 共道不缘看风景
> 只因友谊才爬山

二〇〇二年在上海、苏州举行了"胡风先生百年诞辰学术讨论会",不少老人都去参加了会议。开会前,何伯伯就鼓励外地朋友尽力赴会相见;去苏州后,何伯伯又邀请了包括父亲在内的几位老友与他同回上海(我因陪父亲去开会也在其中),安排住在他家附近,大家因而又聚会了数次。离开上海之前,我发现何伯伯叫家里人把旅馆钱都替我们付了,心里感觉不安,就与冀汸伯伯商量怎么办,不料冀汸伯伯说:他就是这个脾气,就按他做的办吧,别拂了他的好意。

绿原、何满子(二〇〇二在上海)

何伯伯是性情中人,较长一段时间里是烟酒不忌的。八十年代,他说:千万别去相信吸烟如何危害之类的胡言乱语。九十年代,他又说:每天晕它二两,是最舒心的日子。

别人游三亚,去的是天涯海角,而他则去牙碴湾。八十年代那地方还是一片荒沙时,他就爱上了那里的海滩,认为此处"不愧东方夏威夷之称"。他曾经和华南师大的校长两个人,脱离群体,在牙䃶湾的海滩躺了一整天。他还说:我最不爱自然风景,但那里确令人想呆下来,乃至死在那里。

何伯伯还兴致勃勃地讲过在宜兴喂孔雀的乐事,他说:每日薄暮,在餐厅取一馒头,赴孔雀园喂孔雀,掰小块任其啄食于手中,甚乐。

这真是一位心无城府的老天真。他对朋友说:"咱们毕竟什么险阻都过来了。打起精神,快乐地活吧。"

但这只是老天真的一个方面,另一方面是,他又努力承担着自己的社会责任。他觉得人有两个自我,一个自我想玩,而另一个认定人是有责任的。所以他一边喝酒、抽烟、玩耍,一边又做很多事,写很多文,他几乎年年要出版一至几本新作;即便在新千年,在相当一段日子里,他还接下好几个报刊的专栏,每日照例要写千把字,按时向编辑发稿。

何伯伯为人耿直,写文直抒胸臆,因而也得罪了一些人,但他说:"要写文章,就不怕得罪人,……人以不矫情为是。"他相信:鲁迅至今还活着,并将随着历史永远活下去,研究鲁迅的工作也将永远做下去。

关于生死问题,何伯伯看得很洒脱,他说过:"死生,于个人为大事,宇宙间视之,一虫豸之生灭而已。"在平反前的艰难岁月里,他一直是这样与自己对话的。他知道,这是佛家所谓的"息虑"之法,也是战胜人间苦难的武器之一。

据说佛学认为:死亡并不是消灭,也不是长眠,更不是灰飞烟灭、无知无觉,而是走出这扇门进入另一扇门,从这个环境转换到另一个环境。经由死亡的通道,人可以提升到更光明的精神世界里去。我希望,对佛学有所研究的何伯伯,真的是去了另一个环境,另一个世界。在那里,他可以和老朋友们端起酒杯唱自己谱的词曲,放下酒杯又握笔写自己喜欢的诗文。

二〇〇九年十一月

(刊华东师范大学出版社二〇一〇年版《何满子逝世周年纪念文集》)

记孙钿先生

孙钿先生走了,享年九十四岁,互联网上有人称他是"最后一位七月派诗人"。其实"七月"老人现今还有几位健在,但已离世的"七月"诗人似乎都比他年轻,所以不妨说,孙钿先生是目前人们知道的最长寿的"七月诗人"。

"七月诗人"的含义,现代文学界的学者是知道的,但社会上一般的人未必了解。简单说,"七月诗人"指的是,抗战时期在一本名为《七月》的抗战文学刊物上发表过诗歌作品的作者群。"七月"二字意指抗战开始的时间——一九三七年七月,刊名采用的是鲁迅先生的手迹。

孙钿(一九三九在香港)

《七月》杂志一共出版了三十多期，总第六期上刊登了孙钿先生的战时通讯《污暴的行进》，之后孙钿又在《七月》上发表过不少诗作，如总第十四期的《迎着初夏》、总第十六期的《我们在前进》、总第二十七与二十八期合刊的诗集《旗底歌》、总第三十期的《行进》。在《七月》的继刊《希望》上，孙钿又发表了诗集《我们是愉快的》。从这些诗作的题目，可以品味出作者那昂扬的战斗精神，这是一位战士诗人，为中华民族战斗的诗人，而且他还是一名职业战士。当抗战开始，孙钿自日本回国后，就秘密参加了共产党，一直在组织的领导下做着非公开的工作，他的诗篇都是在战斗间隙写出的。除了《七月》，他同时投稿给其他刊物，如巴金主持的《烽火》，还有《抗战文艺》、《新华日报》等报刊。《七月》的主编胡风先生，不仅编刊，还格外注重培养文学新人，在战争年月，他曾两次将孙钿的诗作编集出版，这便是《七月诗丛》第一辑（一九四二年）中的《旗》和《七月诗丛》第二辑（一九四八年编辑，一九五一年出版）中的《望远镜》。因此多年后，学界人将孙钿称为"七月派"诗人。不过他这个"七月派"，除了刊物主编胡风外，并不认识"派"中任何一个人。

孙钿并不姓孙，本名郁文源，生于上海。他也并非来自基层，而是来自高等学府。三十年代他曾在国内读大同大学，并从事革命戏剧和文学活动，在国民党当局对他进行政治迫害时，他流亡到日本，又进入东京日本大学和早稻田大学，继续参加那里的左翼社团活动。孙钿的日语有相当的水平，能说也能译，他还有很好的中文文字功底，所以写诗的同时，他也写散文和小说，日后还进行过文学翻译。说他具有多种能力，是完全合乎实际的。

因为写诗，他在几次面见胡风这位文艺理论家时，他们谈过诗。皖南事变后，胡风作为进步文化人，被共产党安排去了香港。孙钿此前受组织委派已在香港从事地下工作，这时被廖承志派去接待包括胡风在内的一些文化人。孙钿这时的身份，可以说是共产党的具体化身。香港沦陷后，他帮胡风等人及时转移，之后一别数年。抗战胜利后，他们在上海见过面，他将自己的诗稿留给了胡风，又匆匆赶回自己的工作岗位。对刊物来说，孙钿是一名独立作者，他与《七月》的其他投稿者长期没有任何往来。

孙钿一九三八年入党，凭借他的革命资格，解放初如果进入权力机构，他今天的政治待遇未见得就逊于某些老干部；而凭借他接受过的高等教育和他本人的聪慧及能力，如果那时他进入大学教书，早就是知名教授了，也完全有条件领取今日的"资深翻译家"证书，只是历史老人显然对他缺乏一份厚爱。

一九五〇年一次探亲访友中，他偶遇宁波管文教的副市长翁心惠，翁副市长坚请孙钿留在宁波临时帮忙教教政治思想课。孙钿当时未能谢绝，他是一个很为别人着想的人，于是跨入了教育领域。根据社会需要，一九五三年孙钿在担任宁波卫生学校副校长时，向上级机关建议并亲手创办了宁波护士学校，首届一百名新生在他和同事们的辛勤操劳下茁壮地成长着，一九五五年即将毕业。不料这年五月，孙钿突然遭遇了隔离和逮捕，审案人称他是"胡风集团的骨干分子"，告诉他"所有胡风反革命分子都揭发胡风揭发你了"，如果不交代"与胡风的反革命活动"，就"把你上手铐上脚镣"，"关死你！"

虽然一年后他离开了监狱,但一九五七年依然被打成"右派",被发配到盐场做苦工,去山区修公路、筑铁路,多年受着管制。他经济困顿的家庭,常常靠老伴卖血才能维持,孩子们的教育当然更是耽误了。

八十年代的孙钿

当雾霭散尽,已是一九八〇年。六十四岁的孙钿终于抬起头、挺起胸,他被平反,恢复了党籍,并成为宁波市的人大常委和政协常委、中国作家协会浙江分会顾问、宁波市作家协会主席(后为名誉主席)。他重新提起笔,读者们又读到他的小说《高野良雄之死》(还译成法文)、《初生期》、《在乡村里》,读到他的诗集《旗》、《望远镜》、《孙钿诗文选》,读到他的译著《日本当代诗选》等。一九九五年孙钿荣获了中国作协颁发的"以笔为枪投身革命"、"抗日战争时期革命作家"纪念牌。他写出的长诗《跨进二十一世纪的门槛》,是他永远向前奋进的标志。

人生旅程有时宛如马鞍,孙钿先生走的正像是一条马鞍形的路。在他的人生终点,人们仅仅盘点成果是不够的,还应该思考点什么,至少有一点很明白:如果不是遭遇了一九五五年和一九五七年的政治灾难,孙钿先生肯定会取得更丰厚的文学成就,也会为社会培养出更多宝贵的医护人才。

二〇一一年六月七日
(刊二〇一一年六月十七日《文汇读书周报》)

幸存者的灵魂
——纪念曾卓前辈逝世十周年

一九七九年的夏日，天气炎热，但比天气更热的是人心。七月间，父亲结识了三十八年的老友曾卓来到北京，这是漫长的二十四年后的重逢。当时我没在北京，没有看到感人的具体场面。听曾卓夫人薛如茵阿姨说，曾卓伯伯接到父亲时隔二十年的第一封来信时，感情难以控制，流着眼泪反复地阅读着。他们被隔绝了近四分之一个世纪，不是不想联系，而是不能，一九五五年的一场政治灾难将他们强力地分开了。

他们是在抗战时期的重庆相识的，因为爱国的情怀、改变旧社会的理想，加上对新诗的热爱，聚到了一个名"诗垦地"的文学团体，以诗歌作武器，汇入时代的洪流。

在这个小集体中，有邹荻帆、冯白鲁等年长些的老大哥，也有姚奔、冀汸等年轻些的"老二哥"，父亲与曾卓伯伯在其中年龄偏小，他俩同岁，同为黄陂籍，而且一见如故，脾气特别投合。

抗战胜利后,他们分别回到家乡武汉,继续写着迎接新时代的战斗诗文,十六岁就参加了革命的曾伯伯还成了父亲的入党介绍人。

十岁的曾卓和母亲

记得小时候,在锣鼓喧天迎来解放之后,我和大弟弟被送进中南局的托儿所,只有周末才能回家。这时候,父母常带着我们到公园去,那里经常有另一家在等着我们——即曾卓伯伯一家。曾伯伯有许多与父亲不同的特点:他有一头很帅气的头发,深凹的双眼很有精神,嘴巴似乎有那么点说不出的特别,笑起来声音格外响亮。伴随公园里大声播放的广东音乐,曾伯伯的形象留在了我儿时的脑海里。

该上小学的时候,父母调往北京。后在西单附近石碑胡同里一处中宣部宿舍大院住下。

越二年,社会上刮起政治飓风。平日我常到宿舍大院的传达室去玩,在那里会遇见些大孩子,他们在传达室看报、聊天。那个阶段,报纸上出现许多很长的文章,其中都提到一个相同的名字——"胡风"。这个名字逐渐让人感到恐怖,而且连上越来越多的人,父亲也在其中。我曾经鼓起勇气问一个在传达室认真读报的高二学生(记得他姓李),报上说的是什么,他看了我一眼,慢吞吞地说:是说你爸爸他们的事。

曾卓(一九五一)

父亲去了单位没再回来。有人来家里查抄。母亲和姨妈后来抱头痛哭。窗外有时有莫名其妙的人。

我踩着院子里的砖走着,一块一块地,边走边告诉自己:生活将发生变化。只是我不知道:父亲的好朋友——曾卓伯伯也在变化中。

一名幸存者

明确知道曾伯伯一九五五年后的情况,是在"四人帮"倒台的前一年。一九七五年秋我回京探亲时,经历过监禁、牛棚、干校等艰难历程的父亲接到了一个电话,打电话的人说她叫薛如茵,是曾卓现在的妻子,来北京出差,这是一份时隔二十年的信息。后来他们在美术馆前见了面,父亲终于听到了老朋友的真实消息:曾卓因"胡风案件"入狱两年,因患病被保释,然后下放农村劳动。一九六一年被安排到武汉话剧团任编剧。"文化革命"开始,被下放、被批斗、被关"单身牛棚"……

五年后的一九八〇年,"胡风集团案"获得政治平反。很久很久,我还常常不由自主地思索:为什么曾卓伯伯会牵进"胡风集团案"呢?客观上他与胡风先生并没有实质性的联系。

首先,他没有在胡风编的刊物上发表过作品。

其次,胡风两次编《七月诗丛》,都没有邀请曾卓参加,而他在"诗垦地"的几位朋友——邹荻帆、冀汸、绿原都被邀请了,特别是绿原,发表诗作的时间较他要晚。胡风还在他人面前批评过曾卓某篇作品的"小资产阶级情调",年轻的曾卓自然难免愤然,曾经发誓绝不向胡风的刊物投稿。

第三,从人际交往来说,曾卓在解放前与胡风只见过三面,而且时间都很短,根本没说上几句话。第一次是一九四〇年,邹荻帆带他去重庆北碚胡风家。那时邹荻帆算是《七月》的作者,而曾卓连投稿者都不是。第二次邹荻帆带他去看艾青,碰上胡风也在场。第三次是一九四七年,路翎的话剧《云雀》在南京公演,曾卓去看戏,在后台碰见过胡风。

解放初,曾卓倒是与胡风通过两封信,一封是请胡风对他写的抗美援朝独幕剧提意见,另一封是就胡风对某人的批评语气提出商榷。严格说,这都是很一般的文学联系。

没有实质性的关联,为什么会成为"胡风反革命集团的骨干分子"呢?

在当年出版的《关于胡风反革命集团的材料》一书中,我找到一条线索,这里所谓的材料是指一些私人信件。该书第九十三页的按语说:"在后一封信里,在一九四七年九月,绿原还在骂中国共产党……,可是一九四八年初他就由另一胡风骨干分子曾卓介绍为共产党党员,打入了地下党的组织。"

这条按语告诉我:曾卓在该按语发表的一九五五年六月十日,就被公开定性为"胡风骨干分子",原因之一是"介绍绿原入党"。

青年时代的绿原、曾卓

后来在人民出版社一九五五年出版的《坚决彻底粉碎胡风反革命集团》中,我又看到了另外的材料。该书有四篇批判文章在标题上提到曾卓:《曾卓在武汉市文联干了些什么》、《进一步揭露曾卓在武汉市文联的滔天罪行》、《曾卓在武汉怎样钻进报社进行反革命活动》、《曾卓怎样对我们传播胡风的反动思想》。除最后一篇是武汉大学学生写的,其余三篇均出自同事。同事的"揭发"除了对曾卓工作中的具体做法和看法上纲上线外,"宣扬、传播胡风思想"算是沾边的"罪状"。只是这条"罪"如果属实,按当时公安人员内部掌握的划线条款,最多算个"胡风影响分子",为什么他会从

幸存者的灵魂　55

"被隔离"到"被逮捕"呢？

再后来，我了解到，除了"胡风骨干分子"的问题外，曾卓还有过一条可怕的"罪行"——在粉碎"胡风反革命集团"的运动中，重庆市公安局上报公安部：在押的国民党军统特务陈兰荪提供，曾经发展尚丁和曾卓为成员。公安部将该情报速转上海和武汉市公安局，于是上海的尚丁和武汉的曾卓被逮捕，这可能就是武汉市公安人员对曾卓的态度一度变得极其严厉的原因。

建国头些年，人们的敌情观念极强，"特务"这号人又是各类敌人中令人深恶痛绝的一类。一九五五年，当报纸上连篇累牍地宣传父亲绿原不但是"胡风反革命集团的骨干分子"，而且还是"中美合作所的特务"时，还是孩童的我感觉天都塌陷了。没想到十六岁就参加共产党的曾伯伯某一天竟也被自己人视为"特务"，而且还是什么"军统特务"！

不过曾伯伯的特嫌后来发生了戏剧性的变化。

与曾卓同被视为"军统特务"的尚丁曾任民主人士黄炎培的秘书，尚丁夫人孙文芝还为朝鲜战争孤儿捐过款，朝鲜战争灾民救济委员会委员长朴正爱为此专门给她写过信表示感谢。尚丁被逮捕后，夫人将事态反映给黄炎培，黄老感觉疑惑就报知周恩来总理，周总理随即要求公安部查清尚丁的政治历史问题，给他一份明确的报告。

调查工作落到一个名王文正的公安干部身上，这是一位责任心极强的人。他先到重庆亲自翻阅了国民党军统局留下的原始档案，找到一张表格——渝组造具运用人员考绩表，其中有尚丁和曾卓的名字（运用人员即特务外围人员),表格在提供情报件数一栏,为尚丁和曾卓各填了五件。一般情况下,有国民党军统局留下的这页档案,就足够给尚丁和曾卓定罪了。而此时的王文正发现原始档案虽有表格,却没有所提供情报的真实具体内容,也没有发展尚丁和曾卓为特务的任何手续材料。通过对提供该信息的军统特务陈兰荪的多次严密审讯,老奸巨猾的军统特务终于承认他提供的是假情报,尚丁和曾卓的名字是他故意写在考绩表上的,通过上报两人的所谓考绩,他可以从上级机关领取八千元活动费,够他挥霍一段时间的。王文正不愧是具有优秀职业素质的公安干部,虽然陈兰荪本人承认了提供假情报的罪行,但王文正还是千方百计找到了对陈兰荪极其熟悉的另一名在押军统特务,这位熟人客观证实了陈兰荪弄虚作假的一贯作风。经过周密的调查,公安人员否定了尚丁的"特嫌"。而曾卓的"特嫌"与尚丁同案,他们被同一人写在同一表格上,尚丁的"特嫌"取消时,曾卓的"特嫌"也不复存在。

尚丁一九五六年获释,曾卓却留在监狱里,但此后公安人员大概不再追问他的"军统特务罪行"了,他多半也不知道是王文正这样的公安人员出于职业良知救了他一命。

如果不是因为与尚丁同案,如果尚丁没有做过黄炎培的秘书,如果黄炎培不是担任政务院领导职务的著名人士,如果不是周恩来总理亲自过问,公安部恐怕不会要求地方公安专门安排人去复查这桩在"肃反"中并不特别的"特务"案,那曾卓的结局会怎样呢?他会因为军统特务陈兰荪书写的那张"渝组造具运用人员考绩表",在地方专政机关被"铁证如山"地证明他有"军统特务外围人员"的身份和向特务提供情报的"罪恶事实",因而在监狱长期地被关下去,他的任何申辩只会被理解是一个胡风骨干兼特务分子的狡辩。

曾卓是个极重感情的人,如果背负这样的"特务"罪名坐监,又多年看不到辩诬的希望,他的身体健康会迅速恶化,而"特务"身份使他又不可能"保外就医",牢狱中的他恐怕坚持不到"胡风集团案"平反的那一天,他多半会像阿垅一样,提前凋谢在某个监狱医院里。

但他终于活下来了,因为尚丁、黄炎培,因为周总理,因为王文正,也因为武汉地区负责胡风案件的黎智同志。黎智曾两次向来武汉公干的公安部部长罗瑞卿问询有关情况,知道了被曾卓介绍入党的绿原没有查出去过"中美合作所"的确证,死档案里没有,活证人也无。黎智问到如何处理"胡风分子"时,罗瑞卿表示没有统一的规定,地方可酌情决定。

曾卓坐牢两年后"保外就医",养病两年后离开城市下放农村。"文革"开始时,他再次被下放,暂时离开了可能会让他丧命的疯狂城市。

他侥幸地活下来,成为一名幸存者。

爱的使者

多年的政治运动破坏了人与人的正常社会联系。一九七九年夏季来到北京、又去了上海的曾卓,像一个上天派遣的信使,沟通了许多人中断多年的信息;而且,他还做了一件出人意料的事情——将胡风一案中受伤甚重的路翎,从茫茫人海里寻找了出来。

曾卓与路翎年龄相近,青年时的他一直喜爱路翎的作品,但过去两人往来并不多。

我曾阅读曾卓一九九二年写的《重读路翎》一文,其中有这样一些内容:

> 抗战时期,我和路翎都在重庆。一九四六年至一九四七年夏,又同在南京。他有几个比较接近的朋友也是我的朋友。但我和他没有交往。只是在一九四七年春,他的剧本《云雀》上演时,我去看戏时才认识了他。后来和冀汸一道到他家吃过一次饭。一九五三年全国第二次文代会期间,我在胡风先生家碰见过他两次。都没有深谈。我怀着很大的兴趣观察他。他浓眉大眼,颇为英俊。我想到绀弩的一句话:路翎是一个美男子。
>
> 在一九五五年夏季的大风暴中,他作为胡风最亲密的朋友和弟子,当然被卷进去了。我也未能幸免。一九七九年的九月(引者注:九月是曾卓的记忆误差,实际时间是七、八月),我的问题还没有解决,但当时的政治气候已有所改变,我得到了一个机会到北京去,见到了几个老朋友。我们相互谈了谈各自的经历。我向他们打听路翎的情况,他们告诉我,听说他被囚禁长达二十年,其间还住过精神病院。几年前已刑满释放,在街道上作清洁工,住在芳草地,具体住址不详。我和我的同行者周翼南,第二天就赶到了芳草地,花了一个多小时,几乎是挨家挨户地询问,人们都不知道路翎这个名字,也不知道徐嗣兴(这是他的原名)其人。当我们

已经绝望时,通过一个老人的指点,在一排简陋的平房中的一间小屋里,找到了他的妻子余明英,路翎因事出去了。余明英见到我感到意外的惊喜。她说已二十多年没有见到一个老朋友,也不知他们的消息。她说路翎是一九七五年才释放的,在街道上扫地,开始每月十五元,现已加到二十元。她自己在一家街办工厂做工,每月也可收入二十多元,有一个女儿在一起,生活勉强可过。那房间里铺着两张大床,一张破旧的木方桌,桌上放着一份报纸,但没有看到一本书籍或刊物。余明英轻言细语地谈着,可能是由于已经习惯于这样的处境,只能默默地承受着命运的打击。但我的心情是沉重的,而且不能不深有感慨。等了好一会,不见路翎面,已是午饭的时间,我们就告辞走了。她也没有留我们,只约定星期日要我们一定再去。后来我们如约去了。路翎见到我丝毫没有激动,一如我们昨天才分手。问到他的情况,他三言两语就带过去了,只是向我打听胡风和别的几个朋友的消息,我告诉他胡风已出狱,现住在成都,并将我所知道的一些朋友的情况告诉了他,说现在政治形势已好转,问题会得到公正的解决的。他也并没有表示出欣喜。他说话很有条理,看不出任何精神病兆。但他有时沉默不语,两眼茫然地凝望空间,无意识地移动着下颚的样子,却使我心酸直至心悸。他的冷漠和麻木,有如一座火山的死寂,而那火山曾沸腾着怎样灼人的浆液。经受了二十多年严酷、残暴的打击没有能使他倒下,但却熄灭了他生命中最可宝贵的灵气和激情;也使当年那么英俊、潇洒的青年变成了一个须发苍白、满脸皱纹的老头。他的手曾经握笔写出了几百万字震撼人心的作品,现在他却以手在清扫着小巷了。

我们告别时,他没有和我握手,转头就走了。我回头久久地凝望着他的有些佝偻的背影。

之所以这么大段引用曾卓的原文,是因为这些文字不仅真实记录了路翎在与社会隔绝二十四年后被人们寻找到的第一场景,而且它们也留下了寻找者曾卓的真情真感真人格。在胡风冤案的平反并没有提上日程,曾卓自己也没有被返还清白时,他对另一位过去并没有密切交往的难友表现出的深切关怀、同情和痛惜,体现出的正是闪亮的人性之光。他找到了路翎,并将路翎的地址留下,让其他朋友得以陆续去看望这位重伤的朋友,对此他只认为是自己该做和能做的,并不以为是一桩伟业,时间一长,历史的叙述中难免出现张冠李戴,我想:这与曾卓本人的低调可能不无关系。

时隔二十四年,曾卓于一九七九年九月在《诗刊》上发表了自己署名的诗作,终于回到了诗坛。但是,他并不沾沾自喜,他更关注青年时代的同难诗友。在他诗作发表的当月,他就写信给我父亲,他说:"能不能写点诗呢?真是望你能写一点,而且决不仅仅是一人。我在《诗刊》上的几篇东西在此地颇有反应,说真的,我是高兴的,要让人们知道我们还活着,而且在歌唱。"(一九七九年九月二十四日)他在信中不是说的"我",而是"我们"。

经受多年政治高压的父亲此时早已身心疲惫,对诗坛也感觉陌生,他没有马上动笔。曾伯伯却不断地给他鼓劲,两个月后,又正儿八经地和他谈:"这里要说到你了,《论浪漫派》的前言(注:指绿原为海涅的中文版作的序),此地反映颇佳,但这只是刘半九(注:绿原译名)老兄的事。诗人绿原已到上台唱歌的时候。我已经写好一篇《倾听》,那前几句是:'我又听到你的歌声了,在你沉默了二十年以后。在我期待了二十年以后,又听到了你的歌声。'只等你一开口,此诗就可寄出。——我的拳拳之意,期待之情,想你是能理解的。"(一九七九年十一月八日)。曾伯伯比他催促的那人更着急。

当父亲终于提起生涩的诗笔,整理出最初几首诗时,曾伯伯立即又给他热情的鼓励,说:"认真把诗读了两遍,很感动,特别是《重读……》(注:指绿原的《重读〈圣经〉》),你又有了你的新的风格。说真的,我觉得要比一般流行的诗要好得多,深得多,它们是真实的,是有思想、有感情的,然而,也确稍嫌低沉,所以不易为一般读者,首先是一般编者所接受。从你自己来说,应该从重重重压下摆脱出来,医治好精神上的创伤,……我希望你继续地写,一时不能发表也不要紧,不要让中国失去一个真正的诗人,我是怀着真实的心情这样说的。"(一九八〇年六月二十四日)

这些信都写于胡风一案平反之前,今天当我重读这些三十年前的书信时,不能不被深深地感动,明白了父辈的友情浓度为什么几十年都没有改变,这首先是因为他们保持了友情的纯度,彼此以真诚相待,为对方的成绩而高兴,为对方的挫折而难过,历代"相轻"的文人们在他们面前难免不显得黯然。如果说父亲将来果真是"新诗史上无法忘记的诗人"(诗人周良沛语),这里是包含曾伯伯一份心血的。

曾伯伯不但与青年时代的"诗垦地"友人——邹荻帆、姚奔、冯白鲁、冀汸、绿原保持着永久热烈的情谊,他也同样情系四十年代结识的伍禾、郑思、胡天风、周代等诸多朋友,他为郑思、伍禾的早逝而痛苦,他接受胡天风临终嘱托整理最后的《天风诗草》,他鼓励病中的周代不要放下手中的笔,他甚至沉痛悼念一位为山区小学教育奉献终生的普通文友。

曾卓的朋友中有不少年轻人。当社会呈现明显文化断层时,他克服了身体的病痛,先后写出许多深入浅出的外国文学作品评价,以解年轻读者的文化饥渴。他还为许多年轻人的小说集、诗歌集、散文集、杂文集写过序、写过读书印象,推介他们的作品,关注他们的前行脚步。从个体书摊上的《血色黄昏》中,他还读出了历史的见证。他用宝贵的时间,给认识与不认识的年轻文学朋友写信、回信;忍着病痛去参加会议,为年轻的文学作者授奖。

他永远爱自己的亲人。在失去自由的牢房里他怀念幼小的孩子,克服重重困难,在铁窗内为她们和像她们一样的孩子写诗。当孩子长大,翅膀尚柔弱时,他给出这样的激励:"向上,向上,能够飞得多高就飞多高吧/向前,向前,永远不要留连,不必回顾//而无论你飞到哪里,像影子一样跟随着的/是你最老的朋友的关怀和祝福。"

他深爱患难中的妻子,为她写出《有赠》等动人的诗篇,他的爱情誓言很简洁:他"愿献出一切,/只要你要,只要我有"。他终生履行着自己的誓言,艰难时刻,他虔诚地祈求:"日日夜夜,我只祝愿你平安。/如果你平安,在此刻就是你最大的幸福了,/如果你平安,在此也就是你给我的最好的祝福。"在生命尽头,他仍然书写着《她和他》。

曾卓和夫人薛如茵

他终生怀念慈爱的母亲。他自小懂得,母亲是悲惨岁月的受伤者。一九三八年日寇逼近武汉时,他不得不流亡西去,他心中想的是:"母亲/请信我/当祖国的大地/挣断了几千年的锁链,/当故乡的林间,/不再拴有敌人的战马,/当你又跋涉着条条的路/回到故乡时,/我一定要随着黎明的光/去叩开故乡的门,/我一定要跪倒在你的脚前/求你:即使是一点头的宽恕……"但母亲没有能回到故乡,她倒毙在逃难的异乡,身边没有亲人,没有熟人,只有儿子的一支七星剑——那是他初中一年级参加全市讲演比赛的奖品。曾卓为此难过终生,直到老年都想寻到另一支七星剑,让它代他护佑他冥冥中的慈母。他的爱感动了一位年轻的朋友,赠送了他一支七星剑,帮他最终圆了这个梦。

曾卓的爱是全方位的,他"祝福每一个人,每一片新叶,每一支幼苗",他"爱这田野,这河流,这阳光……"他自语着:"我爱的那么多/爱常常从我满溢的胸中/漫出,化作欢乐的/或是悲哀的泪水"。劫难后的曾卓还写过这样一首诗,题名《是的,我还爱着》,诗人坦诚地说:

> 爱是我的生命
> 我无力做那样的哲人:
> 微笑着走向
> 永远没有人回来的国土
> 当那一天终于到来——
> 当我最后凝望这世界
> 我的眼睛(我的心)
> 将像红烛
> 燃烧着,又流着泪
> 当生命的灯熄灭的时候
> 我的眷恋、我的祝福,我的爱
> 将化作一朵
> 永远永远
> 在空中飘流的云……

可能有人会存疑:人都走了为什么还要化作云呢?我想,那是因为——云是他爱的载体。活着,他愿像红烛那样两头燃烧;离去,他会将爱永远留下。

分明的是与非

但有爱的诗人并不是"老好人",曾卓不是不分是非的人。

早年的散文《邂逅》中,他记述了抗战在重庆自己邂逅了一个过去朋友们眼中的"苏菲亚",得知她成为嫁给学生运动镇压者的贵妇时,他"几乎要伸手给她一个耳光"。他早年的诗作《门》态度则更鲜明:

> 让她在门外哭泣,
> 我们的门
> 不为叛逆者开!

虽然这感情当时还显幼稚。但却体现出诗人的爱与憎。中年之后的诗人说:"由于诗人满溢着爱的心,所以他懂得憎恨。他与一切黑暗、罪恶、不义、丑恶、虚伪、庸俗……作战。爱得多么深沉,就恨得多么强烈。"爱与憎在诗人心中相对地存在。

曾卓人生中的大劫难是二十四年的"胡风"案件,他为什么会陷入这一黑色灾难呢?有些与胡风有过实在文学过从的人逃离了陷阱,而他这个交往不深的人反而陷了进去,为什么?

从外因讲,自然是由于可怕的株连;从内因讲,应该就是曾卓的同情心和是非心了。

他同情解放初被孤立的胡风。虽然过去胡风批评过他的诗,让他在朋友面前难堪过,但在历史关头他并未以个人利益为尺度去衡量是非,反而客观地认为胡风只是有独立见解的文艺家,并非什么危险的政治敌人。

一九五二年八月,当舒芜获邀从南宁去北京参加中宣部组织的"胡风文艺思想讨论会"时,路过武汉,约见了曾卓。曾卓是在两年前经绿原介绍认识舒芜的,虽然他不赞同舒芜此前不久在《长江日报》上发表的那篇《从头学习……》的写法,但仍然希望这位交往不深的朋友不要走得太远,曾卓提醒舒芜说:"如果你自己真的那么认为,那你就那么说,那么写,但你不要把别人牵扯进去。""不要把别人牵扯进去",这是曾卓善意的肺腑之言,他明确提醒舒芜凡事都有底线,希望他不要有意无意地成为一个政治工具。可惜事态没有依曾卓的善意发展。

胡风一案平反后,曾卓是受害人中与舒芜间断还有联系的少数人,这与他一贯的开放性格有关,还因为人的社会思想是逐步推进的。

胡风一案的复杂,使它的平反分成三次,历经了八年。人们在反思该案时,不能不在某个时候想到舒芜,因为他是案件铸成不可缺少的一个环节。

作为其中一环,所以舒芜对胡风案件有着无法推卸的责任;而中国政治生活的结构,又存在比他更应该承担历史责任的人。但胡风一案的平反毕竟使舒芜的处境很尴尬,他会怎么做?

如果他真诚反思,以良知承担起自己那份责任,与人们共同总结历史的经验教训,相当一些胡案受害人是能够原谅他的,曾卓应该属于这一类。他与舒芜没有彻底断绝联系,应该是对他寄予希望的,希望他进行反思,给自己、给熟人、给历史一个像样的交代。

与曾卓有同样想法的,还有其他人,聂绀弩对彭燕郊谈到舒芜时说:"关于他的事,他不谈,你也不谈。"我以为也是让舒芜自己去反思的意思。

舒芜是有时间、有机会的,因为胡风案件平反了八年之久。

但是,最终他还是让一些人失望了,他是太爱惜羽毛了,还是以为书写的文字万能,就无需费力猜测了。在许多当事人谢世后,他为自己做了精心的辩解,还为自己"拉"上一些"朋友"。

在他身后,他的一位后人著文称一些胡案受害人是她父亲的"密友",这种无稽之言显然缺乏一点历史常识:在一九五五年通过所谓"密信",将一批普普通通的文化人定性为一个"反革命集团"后,"密友"是不可以随意乱说的,因为"密友"与"密信"具有同等的政治危险性,至少在当事人的范围内是这样。

曾卓从来就不是舒芜的"密友",绿原也不可能是,牛汉应该也算不上。

如果说,他们没有像一些激愤的受害人对舒芜表现得那么深恶痛绝,也只是出于某种善意的希望,而不是混淆了基本的是非,更不是遗忘了带血的历史,历史毕竟不像"损"了几个人的"牙眼"那般轻松。

上个世纪末,曾卓肺部发现肿瘤,这可能是八十年代平反不久,医生诊断的肺结核最终的发展。一九九九年夏天他做了 X 光刀手术,十月在医院里,他断断续续给老朋友绿原写了一封信,信中就谈到舒芜的《回归五四》一书,曾卓

在信中说:

> 拖了好久未写信,主要原因是等待复查结果,现几种结果已先后出来:……
>
> 医生不同意我在这一段时期内外出,他说正是在这一段时期内要注意治疗、营养、休息,要外出,也要等年内复查以后,而且要看复查的结果如何。萌萌仍坚邀我们去,她说在那边过冬最好。我也真希望和你聚一聚,有不少问题可以谈一谈。也许有些问题过去也谈过,但现在再谈会不同一些。但能不能如愿,还需得到医生的同意。只有到时候再说了。
>
> 《回归五四》舒芜寄了我一本,是辽宁教育出版社出的。"后序"有所修改,主要是将胡风写给他的信改为简述,另代之以他写给胡风的信。全书40万字。解放前的论文大致都收了。解放后的《从头学习……》和《致路翎》也收了。这二十年写的则收了谈鲁迅、绀弩、周作人论妇女问题的文章。我还未回复他。我有一个打算,回他一封长信,谈谈我在解放初是如何同情胡的处境,并在内心为他(注:指胡风)鸣不平的,因而我不能理解、更不能接受他(注:指舒芜)的转变。我认为他在"后序"里面,回避了一些问题,不敢深入自己的内心,对有些问题轻飘飘地带过……这样,他就失去了一个得到友人谅解和读者的谅解(的机会——整理者注),所采取的也不是对历史负责的态度。——但我不知道最近我是否有精力写这样一封需认真斟酌的信(将来可能发表的)。

——以上是十天前写的,当时觉得意犹未尽,就放下了,现在再来续写几句。

舒芜的《我思,谁在?》已由花城出版,他未寄我,周翼南买到一册,说其中也收有《论主观》等文,似乎是《回归五四》的另一种版本,当然,没有"后序"。

我已于昨日出院,但隔十天后,每天仍要去打加强免疫力的肌肉针,一直到十一月底再复查。我不住院后,空闲要多一点,可以做一点事,但脑力仍差,连写一封信都语不成声,从这封信就可看出,做一点算一点吧。

……

还有一些事要谈,但感到有些吃力了,先打住吧。

卓 1999、10、20

显然,由于健康原因,曾卓最终没有给舒芜写这封拟议中的长信,但是他在写给绿原的信中,关于舒芜问题的是与非,态度是鲜明的:

他不理解、更不接受舒芜五十年代的那种"进步"转变;

他认为舒芜在他的《回归五四》"后序"里回避了一些问题,没有深入自己的内心,对有些问题轻飘飘地带过……

舒芜这种做法,他认为不是对历史负责的态度,因而也就失去被过去友人和后代读者谅解的最后机会。

在更早的时候,曾卓在反思历史时,对人这样说过:"无休止的思想改造运动恰恰是取消知识分子的独立性,取消他们在思想领域的独立思考,强调一种盲从,一种对权威的依附。结果,连续多年的思想改造运动,造成了当代文人性格的扭曲,也使一些人品行恶化。"(《曾卓文集》第三卷第三

七三至三七四页)

回避本应承担的历史责任的写作,不是善的延续,曾卓未能写出的致舒芜信,曾想说明这一点。

生命的自觉意识

在生活中,曾卓的眼光更多关注的是真善美。

在朋友眼里:"曾卓是一位诗人,……他少年时期的《母亲》、《门》,复出时期的《悬崖边的树》、《有赠》,晚年的《我遥望》、《老水手》等等名篇,都可看作特定历史风貌的铜雕而流传下去,……曾卓不仅是一位诗人,他更是诗人中间少见的散文高手。他的散文除了清丽、婉约、为青年读者所喜爱的一面,有时更显得苍劲、老练、简洁、沉着,来自一般诗人未尝接触到的另一路数,看不出(也不需要)对他的诗才的任何借重。他的散文领域是广阔的,不限于讲究柔美的抒情文字,更包括冷峻的讽刺性的短篇小说,深入浅出的理论文章,以及可以上演的剧本。……作为多面手,曾卓的表现不仅在写作上,他同时对生活更有广泛的爱好……"(引自绿原的《"最幸福的人"》)

在新时期,曾卓是以《悬崖边的树》一诗为读者所熟知的,但诗评家注意到他在《树》之后却一而再再而三地把诗笔指向了大海,例如《我遥望》:

> 当我年轻的时候
> 在生活的海洋中,偶尔抬头
> 遥望六十岁,像遥望
> 一个远在异国的港口

经历了狂风暴雨，惊涛骇浪
而今我到达了，有时回头，
我遥望我年轻的时候，像遥望
迷失在烟雾中的故乡

诗评家认为，这是一首真正达到了"化境"的杰出之作，有着非常丰富的意蕴。它和曾卓一系列关于海的诗篇，表现出真诚的诗人的一种自觉的生命意识。有着同样人生历练的老资格诗评家叶橹先生，就特别欣赏曾卓在诗中所追求的那种把自己的生命融入大海的境界。他认为曾卓从大海中看到了永恒的存在，清醒地意识到个体生命的存在价值，是以融入大海为归宿才获得永恒意义的。

曾卓曾被要求用最简要的一句话回答"写诗的必要条件"，他的回答是："爱。"

爱是曾卓写诗的必要，是他生活的必要，也是他个体生命的能量，当幸存者将自己所有的能量向世人奉献时，他也得到爱的回答。

一九九一年，朋友们为曾卓庆祝了七十岁的生日，原来十多人的聚会自发地扩大成几百人。

二〇〇一年上半年，朋友们又为曾卓庆祝八十诞辰，结果老寿星竟然过了三次生日。

二〇〇一年下半年，曾卓研究文选《崖边听笛人》出版了，武汉市作协、长江文艺出版社、《武汉晚报》联合举办了关于《崖边听笛人》的座谈会，会上人们热烈地发言，会外学者们又在电视台严肃地讨论着"曾卓现象"。

曾卓感到幸福，九月八日，他在写给老友绿原的信中情不自禁地说:"我对你说一句真正发自内心的话,我所得到的超过了我应得到的。"他的心里充满了感激,感激爱他的和他爱的人们——他的亲人、他的同事,在灾难中保护过他的领导、公安人员、拯救他生命的医务人员,几十年如一日的挚友、将他视为自己人的忘年交,一切一切善良的人们……

老年的曾卓、绿原

曾卓逝世于二〇〇二年四月十日,他的临终遗言是:"我爱你们,谢谢你们","这一切都很好,这一切都很美","我没有被打败!"

哲学工作者认为:感激是苦难给予人的宽厚的馈赠,也是人对一个历史、一个时代、一种生活的领悟。人在遭遇剥夺时,感激永远是无法被剥夺的。因此,外化为真善美的感激,与生命同在,也与世长存。

综观曾卓的人生,他一直没有丧失信仰和追求。他的信仰从本质上说即真善美;他的追求,从根本上看是着眼于人:个人的全面发展,人类的整体幸福。曾卓说:"人生、战斗、理想,都不是空洞的言辞;作一个无愧'人'的人是一个艰苦的斗争过程。重要的是,在心中让火燃着,永远燃着!"

我相信:他心中燃着的火,他的信仰和追求,他的爱与感激,他的诗与文都能证明:这位幸存者无愧于"人"的称号。

二○一一年七月
(刊二○一二年第二期《新文学史料》)

一位赤诚的真诗人
——纪念冀汸老伯

近年报刊上时有"最后一位七月诗人"的话题。但据我所知,在世的七月诗人还有好几位,"最后一位"之说其言过早。去年冬日离世的冀汸老人就曾属"最后好几位"之一。

父亲绿原年轻时在重庆复旦大学"诗垦地"社,结识了几位性格各异的挚友,他们是冀汸、曾卓、邹荻帆……后世学者将他们一并划入"七月诗派"。

冀汸(一九四八)

"胡风集团案"的发生,使他们的兄弟情谊被迫中断多年,案件平反后情谊重新凝聚并伴随他们走向生命的终点。

冀汸伯伯是重庆"诗垦地"社最后一位同人,他的离去为这个文学团体划上最后的句号。他并非凡俗的人生经历,既是时代的缩影,又是后人研究历史的珍贵资源。关注昨天就是关注今天,关注历史就是关注我们自己。

一九七九年,冀汸伯伯写来劫后余生给父亲的第一封信,说他因"胡风集团案"被"关了三年又七个月,放出来的时候正值反右之后,……原单位新领导不接受……只好由公安部门……分配到一个劳改农场去"。二十多年他"没有找过任何熟人,或与熟人通信,……也没有进过电影院和戏院。……业余生活限制在几平方米之内",深感"二十余年如一梦,此身虽在堪惊!"

八十年代初,"胡风集团案"第一次平反后,冀汸伯伯从杭州来北京出差,我从旁观察父亲这位老友:他不是那种"自来熟",在陌生场合可能不大发议论,但在朋友中却有说不完的话。他的身体很结实,皮肤呈健康的古铜色;眼眶深凹,眼中神采奕奕,说话豪爽直率不拐弯,语言有板有眼且有劲,不论是口头的或是书面的,都能感觉出他对是非对错的分辨与坚持,以及充溢心中的那份爱恨情仇。

这是一位与父亲同命运的老伯,他又是如何卷入"胡风集团案"的呢?我不免要思索。随后了解到冀汸伯伯本名陈性忠,一九一八年生于南洋爪哇,按今日说法,是百分之百的"海外侨胞"。父亲是华裔,母亲是爪哇人,所以他有一副如同雕刻的面孔。六七岁时,跟着祖父母回到"唐山"(即中国):祖父母是落叶归根,年幼的他是回到祖国母亲的怀抱。

在初中——应城西河中学,他结识了终生的朋友——邹荻帆,他们同校不同级,却亲如兄弟。受青年教师引导,他们爱上了新文学和新诗：喜读臧克家,被《望舒草》吸引,欣赏卞之琳。邹荻帆在汉口《新民日报》副刊发表诗作的消息,对少年冀汸是极大的鼓舞,"一二·九"运动后,他的处女作《昨夜的长街》也上了《武汉日报》的副刊。

武汉沦陷前,不愿当亡国奴的冀汸决定到大后方去完成师范学业。在鄂西恩施,他课余向重庆《国民公报》副刊《文群》投稿。主编靳以先生是复旦大学教授,热心扶持青年人,他发表了冀汸的诗作《榴花之歌》,并常寄赠《文群》单页给他,这使初涉文坛的冀汸感到温暖。

1939年师范毕业,冀汸成了宜昌分乡小学教员。冬天,参加抗日宣传从南洋回国的荻帆也来到这里。那段愉快的日子,夜间他们围着火炉,煮着猪肉白菜,写着谈着诗。冀汸的成名作《跃动的夜》就是那时写出的。长诗热情展示了抗战生活的多幅场景,表达出中国民众乐观向上的抗争精神,并在胡风先生主编的《七月》杂志上发表。与胡风的关系要回溯到一九三七年,邹荻帆参加"鲁迅先生逝世周年纪念会",认识了会议主持人胡风,《七月》创刊第一期就发表了邹的诗作《江边》。冀汸对胡风的最初印象是通过荻帆建立的,后来他也给《七月》投过稿,奇怪的是,胡风先生一面"挑剔"作品按下不发,一面又欢迎他"继续投";而《跃动的夜》终于被《七月》采用,冀汸自然很高兴。第二年他的新诗《月季花》及《旷野》又分别在《七月》第六辑和第七辑发表。

客观研究"七月诗派"的学者会发现,冀汸虽然一贯低调,却是名副其实的"七月"诗人:他不仅是《希望》的作者,更早在《七月》上就发表有作品;刊物外,两辑《七月诗丛》还分别收入他两本诗集。理论家阿垅记得"他是一个燃烧的人,一个有着高度的体温的人";"他底诗,也已经是我们底时代底一种《英雄交响乐》、《命运交响乐》和《悲怆奏鸣曲》了,……在正义之上,……不愧为众峰中巍然的一峰,而且是极勇壮的一峰"。后世学者认为:自我意识的觉醒,决定了冀汸"争取自由、揭露黑暗、反抗专制压迫"这样的诗歌主题。其长诗气势磅礴,短诗凝练剔透,富于哲理性和现实穿透力。

日军侵华战火将烧到宜昌,冀汸西行,几番周折,与荻帆在重庆复旦大学又相聚了。已是复旦学生的荻帆,正与靳以先生的高足姚奔筹办《诗垦地》丛刊,失业的冀汸正好担任该刊的"专职人员"。重庆地区聚集了不少流亡学生,冀汸很快认识了其中的绿原(本名刘仁甫),并将他写的一首题名《雾季》的新诗拿到《诗垦地》,诗作受到众人好评,刊于《诗垦地》第一辑《黎明的林子》中,随后绿原也加入这一诗歌团体。一九四二年,冀汸与绿原同时成为复旦的学生。

《诗垦地》同人多是《七月》的读者,也不乏《七月》的投稿者,例如S. M.(本名陈守梅,后用笔名"阿垅")。一九四二年底,胡风在桂林编"七月诗丛"第一辑,十二册中《诗垦地》同人就有四册,不料十三年后四人中有三人被划为"胡风骨干分子"。

《诗垦地》同人都是些热血青年,热爱祖国、追求进步。笔名为"桑汀"的冯白鲁还是一九三五年参加革命的共产党员。抗战开始去南洋搞抗日宣传和救国募捐,一九四一年回重庆准备去延安,被周恩来留下协助孙师毅办剧团。《诗垦地》第一辑出版后,周恩来问过冯白鲁创刊过程和主要成员情况,叮嘱说:"你们基本上都是知识分子,与实际斗争生活比较远。青年人应该多与群众接触,多做些实际工作。"这该是了解历史的中共高层对这个小小文学社团的判断与态度。

冀汸曾想去华蓥山打游击,也向校内地下党组织报名去解放区,因形势变化,都未成行。一九四六年他随复旦迁回上海,毕业后在南京教书。这里也聚拢一群朋友:在重庆结识的路翎、化铁,新认识的欧阳庄,刚出狱却神交已久的方然,还有遭国民党军方通缉的《诗垦地》老友阿垅……

冀汸和夫人殷蓉仙(一九五〇)

能干的方然在杭州创办了一所安徽中学,邀冀汸在内的一些朋友去共事教育。办学同时他们与四明山游击区建立了联系,并迎来新中国的诞生。曙光照耀他们积极参加新杭州的文艺活动,方然和冀汸还被指定为接管杭州私立中学的军代表。之后冀汸被调到省文联,方然被组织安排去了省政协。虽在不同岗位,他们都希望深入生活和群众,在实践中锻炼,共建多年向往的新中国。

可新生活并不一帆风顺:首先有人在党报上指责阿垅"歪曲马克思主义",随后路翎在北京青年艺术剧院写的剧本一个个被否定,冀汸的诗歌和小说也遭到批判。他首部长篇小说《走夜路的人们》一九五○年出版,三年后《人民文学》突然发文批判。个例预示对胡风文艺思想的批判斗争即将展开。

冀汸的倔强性格此时充分显现:单位领导几次找他谈话,希望他对《人民文学》的批评回应一个"有分量的检讨",正在争取入党的他却表示,《人民文学》的批评他不能接受。之后领导又提议:给编辑部写封信,先表个"欢迎批评的态度",冀汸依然摇头。他的《这里没有冬天》系解放后浙江第一部长篇小说,一九五四年也出版了,批判长文立见上海《解放日报》。熟人和朋友都劝冀汸"快写检讨",出版社也来信希望改写小说重新出版,他却回答:"不准备改写。"年底周扬的《我们必须战斗》见报,胡风即将陷入"人民战争"的汪洋大海,冀汸还在华东作协理事扩大会上发言,决心"越压越顶,顶到底了"。

耿介之人在随后变性的"胡风集团案"中自然不会有好结局:冀汸既没有"起义",也不愿"投诚",于是被送进监狱。虽然胡风一案牵扯了两千多人,但划为"分子"的后来只有七十八名。到一九五八年,七十八名"分子"大多作了处理,只留下"问题较严重"的十七人继续审查,冀汸即是这十七人之一,自然也是二十三名"骨干分子"之一。《诗垦地》同人中,划为"骨干"的另两位是阿垅和绿原:阿垅被称为"反动军官",绿原被说成"国民党特务",还有一名"疑似骨干"曾卓,在见报的"三批材料"中,是以"骨干分子"之名称呼他的。

前左起路翎、冀汸、阿垅,后左起化铁、黄若海夫妇
(一九四七于南京)

一九五五年十二月冀汸结束了隔离反省,被送入小车桥监狱,入狱前补办了一个手续:在半年前签发的一张省公安厅的"逮捕证"上签下自己的名字。自六七岁跟随祖父母回到祖国,他从没料到有朝一日会住进"自己同胞"的监狱。他像被失事飞机甩在了茫茫大海中,无人相帮,无物依附。他听不懂公安人员的审问:"你和方然究竟派遣了多少胡风分子打进游击区?胡风对那些人作过什么指示?"在做过的一切正面事情都被反面定性,与胡风有关无关的一切都与"反革命"相连时,冀汸感觉即便有一百张说话的嘴、一百双写字的手,也无法把事情说清楚。他坚信自己不是反革命,但谁又相信他呢?有时他真希望变成一只野生动物,站在悬崖边上无所顾忌地引颈长啸。

他被不断地更换囚禁地点,但重犯的单身监禁环境基本没变。集中的审问阶段基本结束,时不时单身囚室还会传进条子:"令在押犯冀汸交代下列问题……"一九五六年他经历了台风来袭时监狱房顶倒塌的危险,一九五七年从报纸上看到社会上"反右"斗争的乱象,一九五八年冀汸被允许与平日不能接触的其他犯人一起敲击"大炼钢铁"的铁矿砂,之后他发现自己全身浮肿了。

一九五九年二月,看守所所长受浙江省人民检察院委托,向冀汸宣布了《免予刑事处分决定书》。《决定书》认定他犯了"反革命罪",然后根据什么《条例》规定"从宽处理,不予起诉",于是他被释放了。但原单位拒绝接收,他的杭州户籍也被取消,于是公安部门安排他去浙西北的劳改农场报到。在农场他依然是个"异类",处处时时被提防。这种人群中的孤独比单身监禁更令人难受。在监狱中人还怀有希望,一个渺茫的希望;而回到人群中,却像被转移到一个更大的监狱里,周围有数不清的"看守人员"。一个不眠之夜,冀汸不觉写下几句话:"人生如此,虽生犹死,与其偷生,不若早死!"突然妻子的影像从眼前闪过,他想起她和三个孩子。因为与他的关系,刚生完孩子的妻子殷蓉仙就接受了十四个月的政治审查,被证明与胡风案件确无关系后,才恢复工作。现在她又顶着"胡风反革命分子家属"的帽子,一个人艰难地带着三个幼儿,难道他有权一走了之,让他们承受更大的痛苦和艰辛吗?随即字条被他撕碎。

一九六二年夏,一封电报打到农场,告知冀汸的小儿殷陈"重病",催他速回。三天后被准假,冀汸心急火燎地赶回去,见到的却是孩子的一捧骨灰。鲜活的生命怎么会夭折呢？那是一个星期天，学校教务处强令孩子母亲代替某班主任带寄宿生去户外活动。此时小殷陈患眼病，怕他"传染"校内的军队子弟，被隔离在卫生所。护理员不知用了什么虎狼药，使孩子腹泻且两眼红肿。母亲想留下来照顾他，却又无奈校方的安排。傍晚母亲返校，发现九岁的殷陈在卫生所隔离室的硬板床上已停止呼吸。对此人命关天之事，部队学校的领导居然大事化小、小事化了，最后不了了之。草菅人命的原因只有一个：孩子是"胡风分子"的子女。这成为冀汸和妻子永远的伤痛。

一九七九年春回大地，冀汸写给中组部部长胡耀邦的申诉信转到了浙江省委，省委很重视，省文联派了三位同志到劳改农场看望他，这意味：社会变了。

自幼年从海外归来，冀汸一直在祖国的热土上追求理想、寻找光明；青年时代他与民众一起颠沛流离、奔走呼号、顽强抗争；中年受难的他以亲身经历启迪后人：法制于国家绝对不可缺失；老年的他愿像"透明的喷泉"，坚守人类"真善美"的共同价值观。

八十年代，冀汸伯伯又回到诗歌和诗友中。他把写诗和做人紧密相连，认为"诗，是人的喜悦，是人的悲哀，是人的愤怒，是人的呐喊，是人的梦想，是人的追求"，而"诗人首先要做一个诚实的人，勇敢的人、战斗的人，然后才有真正的诗"。因为倔强，他多年沦落人生最底层，回到地面上，他从不自赞"我的骨头最硬"，而真心地说"垅兄（指阿垅）是真正的强者"。他从不追逐当官，也不热衷名家头衔，只愿做个平凡而有个性的"文学爱好者"。当年他为自己选择"冀汸"这个笔名，就是希望不与人雷同。他坚守独立人格，正

一位赤诚的真诗人

如他的诗句所言:"我活着只能永远是我自己/我死了也不会忽然变成别人。"要问冀汸伯伯为什么这般倔强,在他一篇《自问自答》的小文中,我读到他的心声:"我这一辈子生活得快乐吗?是的,非常快乐,因为我从来没有欺骗过自己。难道我就没有痛苦?当然不是,我有过许多痛苦,但是,……坚持自己的信念而付出痛苦的代价正是胜利了的最大快乐。"

绿原、冀汸(二〇〇二)

电子邮件兴起后,我的信箱成了冀汸伯伯与父亲联系的中转站。他在键盘上一字字敲出《血色流年》自传。父亲读完后与他交换意见说:"这里写的不是抽象的自己,而是他所生活过的时代,民族病弱、危亡、抗争的时代,长期严重缺乏民主与科学的时代,而是他在其中所受的教育、所取得的成就和所怀抱的理想,而是这一切为他所招致的痛苦、灾难和醒悟。经过必要的补充和修改,这将是二十世纪中国文化史的重要文献之一。"《血色流年》后来收入四卷本的

《冀汸文集》,父亲在《文集》序中如是说:"他先写诗,后写散文(包括小说、随笔、评论等),一生笔耕不辍,在成绩斐然、有目共睹的《文集》中,把自己一生的悲欢离合与成败得失同时代与世界的风云莫测和阴晴变幻联系起来,熔铸成比铁还坚硬的文字,除给读者提供审美价值外,还留给后人作为知人论世的根据和借鉴。"

为后人留下坚硬文字的冀汸伯伯走了,他用一生证明了自己是中华大地的赤诚之子,是有追求有担当有爱憎不图名利的真诗人!

二○一四年六月
(刊二○一四年第八期《黄河文学》)

又是一片碧绿

——怀念父亲

一

父亲终于走了,结束了病痛的折磨,也结束了多难的一生。回忆他生前的境遇,我不能不惊异,在人的柔弱的胸腔里如何能盛装那么多的苦难,而在一次又一次的逆境中,不知他又是如何挺过来的。

父亲生于二十世纪二十年代初的旧中国,那时中国是贫困的。我家祖上是读书人,原籍在江西,明代迁到湖北。湖北的始祖有"忠厚传家、诗书抚国"的遗训。但到祖父一代已无经济条件做单纯的读书人了,而要靠照相、雕刻等手艺为生。父亲是祖父最小的孩子,两三岁时,祖父病逝。祖母是农村妇女,没有生存手段,只能带着幼儿幼女,靠在邮局工作的大儿子接济,家庭生活艰难地维持着。父亲说过:

那时邻居家里煮肉汤,香气飘过来,总让他感觉肚子咕咕地叫。

就是这样贫困的童年生活也未能继续下去,父亲十三岁时,祖母又病逝了,从此再也没有谁能呵护疼爱他了,父亲沦为真正的孤儿。

祖母去世后,依附长兄生活了两年,日本鬼子逼近家乡,初中毕业的父亲开始了颠沛流离的流亡生活。抗战文学打开了父亲的眼界,他爱上了新文学,特别是鲁迅先生的作品,高中阶段他开始文学习作。在重庆他结识了"诗垦地"的一群朋友——邹荻帆、曾卓、冀汸、阿垅、冯白鲁等。"诗垦地"的朋友和刊物,对父

绿原第一本诗集《童话》

亲的诗歌创作有过较大的帮助,他的第一本诗集《童话》里的诗,基本上就是在这个时期创作的。

"诗垦地"的朋友中有《七月》杂志的作者,通过邹荻帆和阿垅,父亲后来认识了创办《七月》刊物的胡风先生,一九四三年他们第一次见面。之前一年,胡风先生通过邹荻帆邀请他参加《七月诗丛》,为他出版了诗集《童话》,与胡风先生的友谊就这样开始了。他们的关系较长时间内十分单纯:投稿和发稿,虽然有时胡风先生对父亲的诗作也提些意见,但并不与他谈什么文艺理论问题,也未曾向他谈过该如

又是一片碧绿　87

何写诗。民族的苦难,转变了父亲的诗风,他写出大量的政治抒情诗,被胡风先生及时发表在《希望》刊物上或编入丛书。

胡风先生的刊物解放前在国统区有相当的影响,刊物作者多是些年轻人。这些年轻人尊敬追随过鲁迅的胡风,对解放前夕胡风先生在进步文化界受到孤立以及解放初受到冷遇有同情心理。看到与胡风先生有交往的朋友先后受到粗暴的批判,他们自然也会赞成请中央来评判是非。父亲一九五三年从湖北调到北京工作,其后两年,在胡风先生写"三十万言"书的过程中,自然也就参与了意见。

胡风先生和他的青年朋友绝没想到,在他们期待中央答复之际,一座五行山压下来,迅雷不及掩耳,上书变成"反革命罪行",文化人变成了"反革命集团"。抄家时从胡风先生家中提取的一封十一年前父亲写的旧信,被先入为主地判断为父亲到过"中美合作所",因而铁定是"中美合作所特务"。这顶虚构的帽子,反过来又成为坐实"胡风集团反革命性质"的三大证据之一。

父亲当年不到三十三岁,遭此政治厄运,感到客观情况越来越糟,浑身有嘴都说不清。开始时他想到自杀,但自杀常常被解释成"畏罪",他不甘心这样不明不白地死掉,希望还能看到最后的结果。但活下去常常比死亡更痛苦,要从现实的厄运中走出去,必定得忍受奇耻大辱。对于自尊的文化人来说,否定自己本身就是精神的酷刑,对于父亲这样敏感的诗人来说,自我否定更是痛苦万分。在封闭的环境中,在政治结论铁定的条件下,父亲面前没有选择的余地,他只能心里滴着血,走过常人永远不会经历的道路,并在内心留下永难愈合的创伤。

被囚禁期间,为了不让意识流向癫狂,也为了在看不见的将来还能为社会服务,他选择了自学德语这块硬骨头来啃。

七年后,他回到社会上,头上戴着"胡风集团骨干分子"的帽子,还有另外一顶人人皆知的"帽子"——中美合作所的"特务",这是全国报刊一九五五年刊载的,虽然公安部经过内查外调已经否定是事实,但全国报刊不会再进行纠正。在人们的怀疑眼光下,父亲开始了"重新为人"的艰难历程。

"文革"十年,"横扫一切牛鬼蛇神",一切常规都颠倒了,父亲面临永世不得翻身的厄运,但更让他痛心的是"胡风案件"及血统论祸及家里三代人。所谓出身问题纠缠着每一个子女,当父亲知晓二女儿为此遭遇离婚丧子时,他的头撞向了墙,痛哭"是我害了她!"

在历史新时期,长达二十五年的政治冤案平反了,然而人与人之间的隔阂、不明的误解、公开的责难,仍然常使父亲感到内心孤寂。

晚年,命运又给了他沉重的一击,在二儿子遭遇不幸后,父亲的耳朵听不见了。

生命的最后一年,他被查出患了难治性贫血病,这种病虽然有缓解的希望,但由于住院困难,一直未能得到很好的治疗,后来又成了肺部感染。疾病使他失去了体力、脑力,最后四个月基本靠输血和打抗生素维持。临终,在重症监护室,父亲孤独地走完人生之路。

二

父亲离世后,我的心久久不能平静,回顾他的一生,难免要思索:父亲究竟应该属于哪种秉性的人?

心告诉我:他是一个善良的人,是一个勤奋的人,也是一个坚韧的人。

他爱家人,爱朋友,更爱自己的祖国。

解放初的绿原夫妇

他与母亲六十五年相濡以沫,对母亲从没有高声讲过话。结婚十年时,他为她写过一首诗,其中这样写道:

> 没有你,我会失落生命的钥匙
> 没有我,你哪儿都会感到孤单
> 但我们只是人类的一个细胞
> 我们应当永远甘于平凡
>
> 别让花香鸟语迷住我们

> 别让小桥流水绊住我们
> 别让贫贱的风霜打蔫了我们
> 别让苦难的雷电拆散了我们

父亲高龄时,平日仍然帮着母亲做力所能及的家务活。在内心,他深深感谢母亲,在狂风巨浪的年月,她为他保留了一个小小的港湾。

对孩子,他有着深沉的父爱。小时候过生日,常常收到父亲题签的新书。在监狱里,他惦着四个儿女。家里至今保留一本他的手抄书,题名《九姊妹》,封面贴有一朵类似剪纸的花,但那花实际上不是剪出来的,而是他自己用手撕出来的;书里有三十六篇小文,都是他被囚时精心挑选的有意义或有趣的儿童故事,有的还是他亲自改写的,全部文字被他一笔一画一丝不苟地抄出来。

诗人曾卓是父亲交往了六十年的朋友,从四十年代的"诗垦地"开始,他们的友谊到老都未褪色,两人几乎无话不谈。曾卓伯伯生前,父亲为他写过一首长诗记述他们的友谊,题名《人淡如菊》:

> ……你终于从黑暗中
> 浮现出来,如几亿光年以远
> 越远越暗越恒久的
> 一颗重新被发现的彗星
> 恍如隔世又
> 风采依然
> ……

又是一片碧绿

曾卓伯伯离世后五年,父亲还为他写过纪念组诗《假如你还在》,深情回忆这位挚友。

路翎叔叔是位极有才华的小说家,在胡风冤案中遭受摧残,一九九四年七十一岁时不幸去世,他的逝世使父亲异常难过,他曾希望我在可能的条件下,多去看看路翎夫人余明英阿姨。

二〇〇二年,湖北人民出版社准备出版胡风先生的"三十万言"书,其家属请父亲写一篇关于"三十万言"的背景文章放入该书。之前不久,父亲因消化道大出血,住过重症监护室,出院后身体较虚弱,家里人担心他的身体,劝他不要着急动笔,但他却很快拿起笔,坚持写了几万字,全然不管自己的健康。这篇背景文章的题目叫《试叩命运之门》。该书出版后,有读者打电话向父亲致谢,说胡风一案当年让人感觉恐怖,但又不知道是怎么回事,读这篇背景文章才明白了当时的情形。

父亲离休后,与人文社外文编辑室的同事仍然保持着良好的关系,有时外编室会请他为某本书写个序,或写个什么介绍性文字,他从不拒绝。因他年事渐高,外编室的同事总说"不着急,慢慢写",而他每次都是尽快地动笔,尽早地完成所托。

二〇〇八年十月,他被查出患难治性贫血病,患病期间,有两位友人请他为自己的文集写序,他都抱病一一完成了。

二〇〇九年五月底他病情加重,在X医院急诊室坚持了十余日,经多方托人后住进一间多人病房,但两周后即被劝出院。因需要频繁输血,父亲又住进M总医院,但该院中途也将他推出。在反复辗转中,他的病走向危重。得知九月十一日人民文学出版社管士光总编辑要来M总医院探望,之前一天他用虚弱的手握笔写了几个字,要我第二天一定要在场,以免失礼。第二天,管士光来时,他努力坐了起来。九月二十三日潘凯雄社长到J医院看望时,他既不能听,也不能说,更坐不起了,但仍然双手合十表示感谢。

"祖国"这个字眼,对父亲并不抽象。一九四七年他就写过传诵甚广的诗歌:

> 暴戾的苦海
> 用饥饿的指爪
> 撕裂着中国的堤岸,
> 中国呀,我的祖国,
> 在苦海的怒沫的闪射里,
> 我们永远记住
> 你用牙齿咬住头发的影子。

一九九八年,父亲在马其顿接受了第37届斯特鲁加诗歌节金环奖。四月二十一日,马其顿驻华使馆召开了斯特鲁加国际诗歌节金环奖新闻发布会,父亲在会上说:"斯特鲁加诗歌节举行到第三十七届,我在本届被授予'金环奖',成为'获此殊荣的第一位中国人',使我认识到荣誉感和责任感的一致性。……我将从斯特鲁加诗歌节捧回来的'金环奖',同时也是属于中国诗歌界的全体同仁的。"二〇〇七年,父亲将金环奖捐赠给中国现代文学馆,完成了他将荣誉带回祖国的心愿。

三

父亲从小爱读书。小时候,家里穷,没钱买书,他就在书摊上看。长大,就在书店里看。在重庆复旦大学念书时,宿舍里住七八个人,他在床的上铺,晚间常常点上油灯,在床上看书,早上起床时,同学看见油烟熏黑了他的两个鼻孔。

一九五五年因胡风案件被监禁后,他在狱中也不间断读书。他被允许看报后,报上一些文章,他还剪下来,没有通常的纸张可以粘贴,他就贴在黄黄的粗糙的马粪纸上。

为了不被时间的洪水淹没,不让精神出现不可控的异常,父亲在监狱里自学了六年德语。德语在语言学中被视为"黑森林",它的名词、形容词的变格,动词的时态,都不是短时间能掌握的,任何单词一经大写开头就名词化,还有所谓框形结构。在语风方面,同英、法语相距甚远。关键性的否定词(nicht)往往摆在句子的最后面,不读到最后一个词,一般不知道作者想说什么。父亲仅靠家里送来的德汉词典、德英词典,英语版、俄语版德语语法做工具书,用当时能够买到的德语版、英语版马恩两卷集,和多语版《和平民主报》做读物;采用列宁夫人克鲁普斯卡娅在俄语版的《列宁回忆录》中提到的列宁在监狱里自学外语的方法,开始了艰苦的自学历程。他先靠工具书把读物的意义弄明白,再把它逐字逐句译成中文;然后把读物移开,再把中译文回译成德文——通过回译,来寻找拼写上、词法上或句法上与原文的差异。这种学习是极其枯燥的,但从一九五六年到一九六二年,父亲在囚室里坚持了六年之久,后来能用词典攻读较为艰深的德语原著,例如《共产党宣言》和《费尔巴哈和德国古典哲学的终结》。

离开监狱,父亲到了人民文学出版社编译所。在做了一些基础工作后,他接触到德语稿件:一部比较艰深的名著《拉奥孔》,西方文论史上最重要的美学著作之一,作者是十八世纪德国启蒙运动时期的重要作家和文艺理论家莱辛,译者是中国美学专家朱光潜。父亲为了检验自己在狱中学习德语的水平,将整本《拉奥孔》从头到尾、一字一字核对了一遍,虽然花费了不少时间,但是也对这部名著名译提出了中肯而具体的修改意见。意见返回到当时的书稿推荐单位——文研所时,外国文学老专家冯至先生十分惊讶,他知道人民文学出版社过去是没有德语编辑的,不知现在这位德语编辑何许人也,了解到父亲在狱中自学德语并达到一定的水平的情形,冯至先生多年后说起仍然十分感动。

胡风和冯白鲁、绿原(一九五一于武汉)

八十年代后期父亲离开了出版社的工作岗位,但他并没有休息,他读书、写作,还从事翻译。他说让他放弃创作是不可能的，让他不再搞翻译也是不可能的。

一个离休老人写点诗、搞点短篇翻译也说得过去，但父亲在年近七十岁时，仍然向自己提出了挑战——接受出版社的建议，准备重新翻译歌德的诗剧——《浮士德》。冯至先生曾说："人们一旦从长年的忧患中醒来，还要设法恢复元气，向往辽远的光明，到那时，恐怕歌德对于全人类（不只是对于他自己的民族）还不失为是最好的人的榜样里的一个。"歌德的《浮士德》博大精深，写作该书花费了作者六十年的心血，不是一读就懂的，其中涉及哲学、神学、神话学、文学、音乐等多方面的知识，在形式上还包含着多种手法，多种风格，翻译决非易事。

为了在中国的精神水土上进一步介绍能够鼓舞人类的浮士德精神，父亲埋头工作了近两年，他常常坐在书桌前，一干就是几小时，比上班的时间还要长。到该吃饭的时候，才恋恋不舍地放下手中的笔。他的文稿，永远是一笔一画的，清楚而端正，他认为写出的字是给人看的，把字写清楚是对读者或编辑的尊重。一九九八年父亲翻译的《浮士德》获得鲁迅文学奖优秀文学翻译彩虹奖。

一九九九年，在父亲七十七岁的时候，他决心换笔——学习掌握电脑。虽然他有英文打字的经验，但学用电脑中还是付出了时间的代价，例如忘记及时存盘或者受到不明命令的误导按错了键，将长时间辛辛苦苦敲打出的文字都丢失了。但在实践中，他体会到使用电脑的快乐，可以不断地修改稿件，他本来就是个对文字精益求精的人，这下对了胃口。

父亲还有一个爱查字典的习惯。每当我问他一个什么字、什么人事时，我通常希望他随口告诉我，但他几乎每次都要把字典或辞海搬出来,让我看到他回答的根据,而且不厌其烦地提醒说应该习惯使用工具书。

《浮士德》出版后,父亲又翻译出版了《里尔克诗选》、《日安课本——雷丁儿童诗选》、《顽童捣蛋记》、《叔本华散文》、《爱德华三世·两位贵亲戚》等译作,以及写作出版了《苜蓿与葡萄》、《未烧书》、《绕指集》、《再谈幽默》、《寻芳草集》、《绿原说诗》、《半九别集》、《绿原文集》等作品,而诗歌创作在他生病前一直未中断。离休后的二十一年间,他总是不停地写、不停地翻,故而母亲说他是:"活了一辈子,却做了两辈子的事。"

四

父亲的一生经历过多种苦难:民族的、家族的、个人的……政治的、精神的、肉体的……从小家庭的贫困、整个民族的灾难、政治冤案的打击、社会多年的误解、子女遭遇的不幸、人与人之间的隔膜……对于袭来的横逆,父亲没有壮语豪言,只是一次一次在困境中抬起头,向前走着。

在胡风案件平反前,他有一个"刘半九"的笔名,因为那时他不能公开使用"绿原"这个名字。笔名来自一个古老的成语——行百里者半九十,就是说,对于一百里来说,走了九十里,还只是走了一半。他用这个笔名激励自己,体现了来自传统文化的影响和动力。

在新文学中他吸取过鲁迅先生的坚韧精神,他视鲁迅先生为伟大的战士兼诗人。八十年代在介绍自己的《我们走向海》和《高速夜行车》两首诗时曾说:"它们试图表现的正是我毕生景仰的、鲁迅在《过客》中以特异笔触表现过的那种排除万难、一往无前的精神……"

在涉猎德语文学的多年中,父亲发现歌德精神和鲁迅精神是一致的,二者可以相互补充。老专家冯至先生说过:"从绝望中不断地产生积极的努力,是歌德最伟大的力量。"这一见解引起父亲深深的共鸣。歌德针对人的绝望提出过断念(die Entsagung)这样一种高级修养手段,父亲的理解是:所谓"断念"绝不是无可奈何地听天由命,而是自愿地主动地、虽然不无痛苦地承受客观现实加于自身的种种艰辛和矛盾,并且自觉地作为人类整体的一分子,安于自己的痛苦地位,达到忘我境界,隐约感到美与光明缓缓从自己内心流出。歌德有一条著名箴言:"在一切德行之上的是:永远努力向上,与自己搏斗,永不满足地追求更伟大的纯洁、智慧、善和爱。"这箴言不仅曾经长期压在父亲书桌的玻璃板下,更是他时常鼓励自己的座右铭。

新时期,父亲写过许多诗,在《高速夜行车》和《……他走着》这两首长诗中,父亲对克服人生逆境、自强不息、一往无前的精神有着淋漓尽致的发挥。

父亲没有强壮的体魄,也没有谈笑风生的性格,在大庭广众之下,他更乐于静静地坐着、默默地想着,他用微笑与人点头,用心与世界交流沟通,他的内心柔软而又坚韧,我记得他九十年代的一首诗:

我的记忆

——人老了,期待渐渐变成了回忆。但是——

我的记忆是羞涩的

它总躲在遗忘的身后

我的记忆有时是冒失的
它忽然当众揭下了面具

我的记忆是懂事的
它从不抓挠灵魂的赤肉

我的记忆有时是疯狂的
它像一柄利剑向失眠之夜猛扑

我的记忆是刚烈的
它能咬牙忍泪刮骨疗毒

我的记忆有时是随和的
它常用微笑抹掉血迹斑斑

我的记忆是丑陋的
它是雀鸟不屑一顾的一株朽木

我的记忆永远是浪漫的
它是荒岛上一缕顽强的炊烟

  父亲是一名普通的中国诗人,在不平凡的时代走过不平凡的人生之路。他用诗歌记述了自己对历史、对人生的感悟,以翻译为路径将世界文学中的真善美介绍到国内,他实践了"活到老,学到老,也做到老"。但是对于他,需要的不是赞誉,而是理解,是人对人的真诚的善意的理解。

父亲像生长在大地上的野草:狂风肆虐时,匍匐于地,但狂风拔不起它深埋于地下的根;野火显威时,野草身躯焦烂,但内心仍然存留着生命的希望,春风吹来,又是一片碧绿。

二〇〇九年十月

(刊二〇一〇年第一期《随笔》)

默不生念，照而无心
——再忆父亲

父亲离去已有五个年头，但我总感觉他没有走远，就像小时候和我们玩笑一样，藏起来了，藏在他的诗歌里、随笔里、译作里，甚至他的照片背后。

小时候，父亲慈而不严，不重男，不轻女，许多时候就如同我们的一个玩伴。记得解放初住在武汉时，他在长江日报社上班，带我去过他的办公室。我握着办公桌上的蘸水笔杆，一下子触到墨水瓶底，然后使劲地转圈，觉得很好玩，他竟没有批评我。一九五三年他调往北京在中南海上班，他带我去那里的游泳池学过游泳，可惜我没有学会。为了上班方便，他买了一辆自行车，我和弟弟妹妹在他下班后，常常围着这辆车，设法踩着脚蹬子，让它转起来，父亲非但不阻拦，有时还和我们一起嘻哈打笑。记起有一次，他带着我和大弟弟走出了宿舍大院，去干什么已经想不起来，总之没有骑自行车。记得我们后来在路上走啊走啊，我和弟弟都累了，实在不想走了；父亲看着我们，笑嘻嘻地说："前面不远就到一个朋友家，他家中有好吃的糖果，还有两个小朋友，等着和你们一起玩呢。"我和大弟弟顿时来了精神，又坚持走下去。最后我发现，我们走回了自己的家，原来那两个小朋友就是我们自己。

绿原译作《浮士德》的不同版本

父亲是个有爱心的人。毓武哥是父亲的小侄，他记得七岁时，仁叔（毓武哥称呼我父亲）在他家住过半年，每天早晨,仁叔都会牵着他的手到街面花园去散步。某天雨后初晴,他们俩看见一只蜻蜓在小树丛下挣扎,被雨淋湿了翅膀,无法飞翔,已被一群蚂蚁包围了,正在变成蚂蚁的猎物。毓武哥说:"仁叔将蜻蜓拾起来,掐了一根狗尾巴草作刷子,轻轻地帮蜻蜓刷去了身上的蚂蚁,然后将它放在小树丛的树叶上,对它说:'等晒干了翅膀再飞去吧。'"多年后忆旧的毓武哥很是感叹:"仁叔救助了蜻蜓,也没有伤害蚂蚁,他真的好善良。"

父亲的爱心可能是经祖母传递的。祖母是教书匠的女儿,没有进过学堂,却通情达理,爱护家人、友善邻里。听父亲几次讲起他幼年随祖母回祖母娘家的情景:他看见自己的外祖母双目失明,但还是忙里忙外地招呼女儿与外孙。老人家特意为他们下了油面,然后端出一个大碗。年幼的父亲看见面碗时差点叫出来,他看见碗里盛的不是面,而是一坨黑乎乎的东西,原来他的瞎外婆将灶台上的抹布当作面条扔到锅里,煮好后又盛了出来。祖母当时捏了父亲一把,意思是"不要嚷嚷",随后故意大声说:"孩子,快吃,快吃。姥姥给我们下了面,我再给姥姥下面去。"这件事由于祖母的掩饰而没有穿帮,但却深深烙在当时幼年的父亲心里,让他日后懂得了要为他人着想的人生道理。

可惜祖母没有陪伴父亲太久,父亲刚上初中,祖母就病逝了。祖母的病并非疑难杂症,而是普通的痢疾,可是因为家贫,买不起有效药品,终于不治而去。在父亲幼小的时候,祖父咯血而亡,他是一个自食其力的民间艺人,只给父亲留下一些模模糊糊的印象。

父亲说,成了孤儿后,他就像一颗石子滚入了社会,在抗日的烽火中,逐渐长大成人。

当日本侵略者的铁蹄践踏了中国的东北、华北之后,战火又燃到华中。父亲此时从初中毕业,学会唱许多抗战歌曲,每天热心阅读各种报刊,关注着国家的命运。他不愿做亡国奴,于是一个人离开了武汉,向西开始了流亡生活。

从小喜欢读书的父亲,被抗战文学、五四新文学,还有鲁迅先生的作品深深吸引着。在大量阅读的同时,他开始习作。一九三九年十七岁时,重庆《时事新报》副刊发表了他的短篇小说《爸爸还不回来》,描写的是民族危亡中农村儿童的不幸生活。但父亲后来没有继续小说创作,而转向了新诗,这与他在重庆结识了"诗垦地"的一群朋友有关。那是重庆复旦大学里一个和谐的诗歌团体,有邹荻帆、姚奔、曾卓、冀汸、阿垅、冯白鲁等众多兄长式的朋友,父亲在创作和人生上都从这些朋友处获益匪浅。这是父亲诗情迸发的第一阶段,诗作后来被鲁迅先生的忠实弟子胡风先生收入了《七月诗丛》第一辑。该辑共有十二本,父亲的一本题名《童话》。其中有这样一首小诗:"小时候,/我不认识字,/妈妈就是图书馆。/我读着妈妈——//有一天,/这世界太平了:/人会飞……/小麦从雪地里长出来……/钱都没有用……//金子用来做房屋的砖,/钞票用来糊纸鸢,/银币用来飘水纹……//我要做一个流浪的少年,/带着一只镀金的苹果、一只银发的蜡烛/和一只从埃及国飞来的红鹤,/旅行童话王国,/去向糖果城的公主求婚……//但是,妈妈说:/"现在你必须工作。""

台湾诗坛宿将、儒家美学的躬行者向明老先生在他的网页中曾评论父亲的《童话》诗集说:"他(指绿原)在诗中所向往、所希冀的,都是那么美,只有在童话书中才可能有的,不正是当时他现实生活中所欠缺少有的么?当然也与他自小所受庭训'必须努力工作,才有美好前途'有关。"向明先生还说:"《童话》对于抗战时的知识青年,和早年的台湾青年诗人都有极大的鼓舞作用。早夭的台湾诗人杨唤诗中便不自觉的有着绿原诗风的影子,我亦承认曾受绿原诗的影响。"

父亲新诗创作的第二个高潮在抗战胜利前后,民族的苦难和批判旧世界的激情渗透他心间,化作他笔下一首首的政治抒情诗,例如《终点,又是一个起点》、《复仇的哲学》、《咦,美国!》、《伽利略在真理面前》、《轭》、《悲愤的人们》、《你是谁?》。这些诗作是父亲被国民党特务机关通缉逃亡川北后创作的,他不知道这些诗篇发表后在国统区的青年中引起了广泛的影响,在一些群众集会上常常被人们朗诵。我想,父亲这辈子某个阶段能和民众心气相通,接上地气,也不枉为诗人了。他当年的一位读者、现居成都的江仁忻先生曾著文:"一九四七年,一个密云欲雨、躁动不宁的日子,我在重庆中山公园旁的自生书店翻看一叠杂志,其中一本由这个不起眼的简陋小店用土纸刊印的《荒鸡》引起了我的注意。它好像一本地下刊物,革命倾向明显,严肃而激越的文字迸射着强烈的感召力。里面有一篇题为《口号》的长诗,作者绿原以雷霆落地的笔触抒写内战中人民的深重苦难,厉声地谴责那些'撕着我们的头发做褧'的'披麻戴孝的活无常'们,呼唤人们'起来,起来参加几秒钟以后的战斗','在血池肉林里找出一条出路',并好像在催促着我这'不懂事的少年','站出来做一名二十世纪的侠客','服从大家的仇恨,为大家赴汤蹈火'。我读得既感羞愧又很振奋,觉得是被赋予了一项使命。从此绿原的名字深深地印在了我的心上,每到一地就专心搜读绿原的作品,在杂志目录上寻找绿原的名字,并且学着做他笔下的那个敢于为真理献身的'政治犯'伽里略。"

经曾卓伯伯介绍,父亲加入了中共地下党。作为新人生的开始,他将自己创作使用的笔名"绿原",正式作为自己的社会用名。解放后,父亲分别在中南局机关报长江日报社和中共中央宣传部从事宣传工作。

但世事无常,一九五五年父亲遭遇了人生的大劫难。一场文艺理论的纷争上升成政治问题,随后又迅速恶变为敌我性质。进步文艺家胡风先生突然被打成"反革命集团"的"头子",包括父亲在内的一批青年作家则成为"反革命集团"的"成员"。记得当时报纸上有许多可怕的漫画,称父亲为"国民党特务"和"反革命集团"的"骨干",其时他也不过三十出头。

父亲被单身监禁了五年,在秦城监狱又呆了两年。他的一篇被后来人称为"潜在写作"的诗行反映了他那时的人生境遇:……//今天,二十世纪/又一名哥伦布/也告别了亲人/告别了人民,甚至/告别了人类/驾驶着他的"圣玛丽娅"/航行在时间的海洋上/前后一望无涯/没有分秒,没有昼夜/没有星期,没有年月/只有海——时间的海/只有海的波涛——时间的海的波涛/只有海的波涛的炮弹——/时间的海的波涛的炮弹/在追赶,在拍击,在围剿/他的孤独的"圣玛丽娅"/他的"圣玛丽娅"不是一只船/而是四堵苍黄的粉墙/加上一抹夕阳和半轮灯光/一株马樱花悄然探窗/一块没有指针的夜明表咔咔作响/再没有声音,再没有颜色/再没有变化,再没有运动/一切都很遥远,一切都很朦胧……

因为是"骨干",在首都由公安部直接办案,可能是不幸中的侥幸,在等待宣判的数年间,"骨干分子"们获得了学习的允许。为了控制纷乱的思想,父亲强迫自己自学了枯燥的德语,在戴帽("反革命分子")回归社会后,他转行成为一名德语工作者。

未几年,"文化大革命"爆发,父亲自然成为"横扫"的对象。在他另一"潜在写作"的《重读〈圣经〉——"牛棚"诗抄第n篇》中,他记叙了自己身处乱世的思想感情:……//今天,耶稣不止钉一回十字架,/今天,彼拉多决不会为耶稣讲情,/今天,玛丽娅·马格黛莲注定永远蒙羞,/今天,犹大决不会想到自尽。//这时"牛棚"万籁俱寂,/四周起伏着难友们的鼾声。/桌上是写不完的检查和交代,/明天是搞不完的批判和斗争。//"到了这里一切希望都要放弃。"/无论如何,人贵有一点精神。/我始终信奉无神论:/对我开恩的上帝——只能是人民。

父亲等到了雨过天晴,"文革"结束后,一九八〇年"胡风集团"冤案终于获得平反。父亲恢复了自由写作的权利,像老树焕发青春那样,进入了个人诗歌创作的第四阶段。父亲新时期的诗作,其深度和广度超过他之前四十年的成果,《高速夜行车》和《他走着……》是他这个时期有代表性的力作。

关注父亲诗歌创作的高校学者陈丙莹先生认为:绿原新时期诗作有着繁多的类型。有欢歌新生活、新气象或针砭种种时弊的时政诗,有回眸一生坎坷经历的忆念诗,有出访外国的纪游诗,有对众多世界大诗人进行纵情剖析的诗评诗,有细味诗艺内蕴的"诗话"诗,以及其他各种抒怀、风景、哲理、与友人对话等诗型的诗歌。艺术表现,从传统的笔法到新潮技法的试用等等,也是各式各样的。

一九九八在马其顿获金环奖

也许是天道酬勤,世纪末父亲获得第三十七届斯特鲁加国际诗歌节金环奖。在马其顿驻华使馆召开的金环奖新闻发布会上他说:"我在本届被授予'金环奖',成为'获此殊荣的第一位中国人',使我认识到荣誉感和责任感的一致性。……我将从斯特鲁加诗歌节捧回来的'金环奖',同时也是属于中国诗歌界的全体同人的。"父亲言不虚发,二〇〇七年他将捧回来的金环奖捐赠给了中国现代文学馆,让它永远见证国际诗坛对中国诗歌的肯定及其友谊。

父亲是一位有着丰富人生经历的诗人,同时也是一名勤奋的翻译家。二〇〇九年他离世后我开始清理他的著译。我发现,如将他的翻译作品编成译文集,就不下十卷。

其中包括歌德等名家诗作、英德现代诗歌、莎士比亚戏剧、叔本华散文、西方古典美学理论以及马克思主义文艺理论（如梅林的《美学初探》）等等。这些文学译作中同样浸润着父亲的诗学、美学及人文思想，正像陈丙莹先生所说："他在译介外国文学作品时就十分重视发掘其中'人道主义和民主主义理想'内容。"

国际华文诗人笔会主席、香港著名诗人犁青先生，曾在《文艺报》上撰文说：中国诗界应该研究"绿原诗学"。只是红尘滚滚，不知道今日有几人甘坐冷板凳，做这种没有功利的事情。

活到老，学到老

同样有着丰富人生经历的诗评家周良沛先生这样评价父亲："他爱恨分明，是非分明，忠厚、本分，对人诚恳。对社会、对文坛上的不正之风，……不屑一顾，令人肃然起敬。……本来，能真正写好诗的人，为诗和为人应该是完全的一致。这样的诗人，当代不是太多，实在可贵。尤其新诗受到市场的冷落时，绿原清贫依然，寂寞依然。若真正以真诗而论，其诗其人也应该有他与之相称的影响。可是，在市场中，绿原不会用诗作买卖，不会买版面、用红包买'评论'炒作自己，自然难有此种市场效应。为此可长叹，也无可遗憾。真正的好作品还是要经过时间和历史的检验的，……

我深信绿原是中国新诗史所无法忘记的诗人,他有不少作品都是可以传下去的。"

绿原与女儿若琴

望着父亲的照片,我有时想发问:"爸,你可感到寂寞?"

照片上镜片后的眼睛似乎眨了一下,仿佛听到一个故意拖长声调、顽皮的湖北乡音说:"寂同默,默不生念;寂有照,照而无心。"

是啊,父亲不在乎寂寞,人在寂中正好修行。生前,当他在小书房里埋头静静地写诗译诗时,诗中的各色人物、动物、植物就陪伴在他身旁同乐;现在,他去了那个没有谎言、没有争斗,只有和谐与爱的空间,同孔孟老庄、释迦牟尼,同他译作中的歌德、莎士比亚、叔本华、黑格尔等众多中外名家,不正可以平等地交谈吗?

二〇一五年五月三十一日
(刊二〇一五年第八期《黄河文学》)

父亲的字纸

父亲是个文化人,平生自然与字纸脱不了干系。

在社会人眼中,他是诗人兼翻译家,家里确也存有一些他写在纸上或本子上的文字。有的字写得比较随意,大概是即时记录留给自己看的;有的比较整齐,像是写作的半成品;还有些是他写给别人的废信稿,字迹很工整,但不知是对哪个字不满意又被他作废了。

父亲一贯很珍惜纸张,一些印了通知的单面纸他都收集起来使用,甚至连一些小纸片,他也会小心地留下来,写点什么。

他写给别人的文字一般都非常工整而干净,好像他自己就是那个看字的别人。一九九九年他开始使用电脑,一段时间里无论社会联系或友朋交际,他写的信都是打印的。但随后他发现,并不是所有的老年人都乐意或习惯使用电脑的,于是在给不用电脑的老友写信时,虽然用电脑更方便,他却仍然一笔一画地在信纸上书写着,然后寄出去。我想,这可能不仅仅是为了照顾老朋友的心绪,更是出于对友人的一份尊重。

一九五五年的报刊材料

父亲二〇〇九年过世,他去世没几天时,突然有生客造访。客人在楼下打听我母亲的房号,我正好在左近,以为是老妈的旧日熟人,来家吊唁,就带他上了楼。待客人坐定,一问才知来人在某警卫团任职,过去与父母并无联系。我不免有些诧异,来访者倒是很直率地说,想来讨绿原先生一页字纸。

父亲写过字的纸确实不少,但我从没以为它们具有收藏的价值。虽然网上有信息说,父亲某时给某出版社某编辑写的某封事务信,流落到拍卖会上,被某隐士收藏了。

父亲小时候也曾习过书法,他的大哥(我的大伯)字就写得很漂亮,据说他手抓一团棉花蘸上墨汁,手下就能龙飞凤舞起来,南方某地的一些楼台亭阁中就有大伯的题字。但是父亲与其长兄相差十九岁,又生长于乱世,就没有朝书法方面发展,他也从不自以为是什么全才。所以,尽管平日时不时有不相识的朋友寄来宣纸、信封,并"请先生赐予墨宝,以资鼓励",他也很少"挥毫泼墨",仅在某些盛情难却的场合,才动动笔。

时下收藏成为时尚,收藏文化人的手迹也位列其中,所以来客的冒昧也是可以理解的。但作为被求收藏者(或其家属)也得掂量掂量:从历史长河来看,自家的东西值不值得收藏呢?父亲生前一直是个低调的学人,作为他的后人,我好像无权随便拿张有他字迹的纸,送给别人去收藏。于是我婉转地送走了客人。

关于父亲的字纸,今日还留在我脑海里的,实际上是些另类的印象。

小时候,印象最深的是一些格子本,是给小学生用的那种。1953年春天,父母从武汉的长江日报社调来北京时,离小学秋季招生的时间还有半年,父亲可能不希望我玩过这段时间,就买回些格子本。格本的第一行他用铅笔写下样字,然后要求我照猫画虎地写满。记得我写满了几个本子,但我的硬笔书法却没有练出来。父亲的样字我觉得很有力、很漂亮,但我内心当时就很畏难:什么时候自己能写出他那样的字体哦?

在我读小学二年级时,父亲离家去了一个由专政机关管辖的地方。历史后来叙述,那是发生在二十世纪五十年代中国大陆一场牵涉几千人的文字狱:由私人书信"揪"出了一个"反革命集团",父亲被视为这个"反革命集团"的"骨干"。

书信是货真价实的字纸,所以一九五五年的那场文字狱,也可以称为字纸之狱。

文人书信或曰文人字纸与"反革命"怎么会扯上关系呢？自然一句话是说不清的。虽然自三十年代起中国左翼文坛上一直有些纷争,但并没有到你死我活的程度。只是在二十年后,争论的一方成为执政官员,纷争的性质才被涂上政治的色彩。

一九五五年的政治书籍

无权无势的文化人胡风自然处于绝对的下风,他肯定要倒霉。在理论批判中,他会被戴上"反马克思主义"、"反现实主义"的帽子,甚至是"反党"的帽子；但,却不一定会戴上"反革命"的帽子,成为什么"反革命集团"的"头子"。

"反党"与"反革命"这二者有什么区别吗？区别自然是有的,不然何至于会出现两顶帽子呢？

"反党罪",通常没有明确的党纪国法界定,有时难免带有随意性；而"反革命罪"却有明文规定,它是刑法中最严重的一类,今天的《中华人民共和国刑法》,是以"颠覆国家政权罪"代之的。

一般说,"反党分子"或"反党集团",像是从革命阵营内部清理出来的"变质敌人"；而"反革命分子"或"反革命集团",更像是本属敌对阵营的"敌人"。而胡风几十年来一直被社会视为左翼文化人，要把他从革命阵营内部划到敌对阵营里去，就需要拿出他与敌对阵营关系密切的证据。

不料，"证据"竟应运而生，其线索是胡风过去办刊时的重镇作者舒某提供的。舒某为人聪明，善辨风向，在党报编辑前来组约胡风批判稿时，他巧妙地"借出"了胡风过去写给他的上百封私人书信。这些书信在权力机关被层层政治传递后，舒某的所谓"写稿材料"，最终变成了对胡风和一大批刊物作者"反党"政治定性的"证据"。

后来公安人员又从胡风家里搜出了大批别人写给他的信件。

这是一位爱惜字纸的人，解放前别人写给他的许多信，辗转了多时多地仍然保存着，不承想一夜间统统变成了自己和友人的"罪证"。其中就有我父亲一九四四年的一封书信。那时美军来华参战，需要大量的翻译，未毕业的大学生就被征召参加了译员训练班，父亲也在其内。不过他"在政治上明显不可靠"（既未入国民党，也未入三青团），译员训练班结业后原本被分到航空委员会，结果又被航委会退回给进行分配的单位。分配单位随后让他去一个名曰"中美合作所"的新单位报到。父亲当时很年轻，缺乏社会生活经验，对此变故感到很惶惑，身边又没有家人可以商量，于是就给为自己出版过诗集的胡风先生写了封信，希望能得到这位长者及时的指点。为了避免邮政检查引出麻烦，父亲的信文真真假假写得比较隐晦，他希望年长的胡风先生能够看出端倪。但发信之后他仍然无法安心，于是当天下午干脆跑到胡风先生乡下的家里去面议。胡风先生从未听说

父亲的字纸

过什么"中美合作所",却听闻过戴笠的恶名,他认为该机构去不得,所以父亲没去"中美合作所"报到,结果遭到国民党特务机关的暗令通缉。后来胡风先生托朋友帮他离开重庆去了川北。父亲逃离了"中美合作所",事情似乎完结了,但他给胡风先生写的那封比他本人后到的隐晦的私人信件,却被胡风先生保留到了一九五五年。那年五月十三日由舒某署名的《关于胡风反党集团的一些材料》在《人民日报》发表,三天后胡风被抄了家,父亲十一年前的那封求助信自然也被抄走了。

被查抄及被收缴的"胡风集团"涉案人的信件(即字纸),据说是在公安部的两间办公室里,由中宣部派去的一些工作人员清理的,不知道父亲那封信分到了谁的手里。我猜想:"中美合作所"这个"特务机关"的可怕名字和父亲当年躲避邮检的隐晦文字,肯定使刻意寻找"罪证"的人大喜,因为该信宛如一颗重型炮弹,能够立即"证明"胡风等人是"与美蒋有密切联系的反革命分子"。

绿原离开秦城监狱后（一九六二）

今天人们知道,历史上的中美合作所,实际是第二次世界大战中的一个跨国机构,由中美军事情报机构于一九四三年合作建立,又于抗战胜利后的一九四六年结束工作。该机构的建立目的是为了共同对付日本人的。小说《红岩》中描写的一九四九年发生在"白公馆"的大屠杀,在时间上与这个机构并不衔接。

就在舒某的《关于胡风反党集团的一些材料》发表不到一个月的六月十日,《关于胡风反革命集团的第三批材料》又在《人民日报》上发表了。在这批材料里,胡风等人的政治性质由"反党"提升为"反革命"。

"反革命"的证据报曰有三条:一、阿垅是国民党反动军官,二、绿原是"中美合作所"特务,三、胡风与国民党特务关系密切。

《第三批材料》公布时,这些"证据"既没有经过公安部门核查,也没有经由嫌疑人"供认",是在没有事实依据的前提下,仅凭书信,即仅凭纸上的字(或曰字纸)来定罪的。

多年后,当我读到《关于胡风反革命集团的材料》一书(一九五五年人民日报编辑部编)时,我以为,这种不经调查核实就先公布"罪状"的做法,是源于一种急功近利的作风。最近,见到了张颖老人写的《文坛风云亲历记》(二○一二年三联书店版)一书,其中有一篇《"胡风事件"补遗》,读后使我改变了看法。

张颖书影

张颖老人抗战期间曾任中共南方局文委秘书,在重庆周恩来身边工作。当时她与重庆复旦大学《诗垦地》文学社团的成员冯白鲁(中共地下党员)有着单线工作联系,所以她知道包括我父亲绿原在内的《诗垦地》成员,都是些热血

父亲的字纸　117

青年诗人。绿原一九四四年未去"中美合作所"的事实,通过冯白鲁,张颖是了解的。一九五五年胡风事件案发时,张颖也被派到公安部帮助整理胡风等人的文字书信。当她看到有关整理材料称绿原为"美国特务",说他"得到胡风的鼓励"曾参加当年国民党办的"中美合作所"受过培训时,认为不符合历史事实,为此特向主持整理工作的林默涵汇报过。张颖以自己当年在重庆工作近距离了解到的真实情况证明:胡风没有要绿原去"中美合作所",绿原事实上也没有去那个机构。

《文坛风云亲历记》一书记述说:张颖"希望林默涵向上报告真实情况",她认为"这是要登报的材料,应该符合事实才好"。可是,"过了几天,……林默涵说,已经把材料送给高层领导,不可能取回来改了,只能如此"。

阅读中,林默涵所谓**"只能如此"**这几个字,重重地砸在我的心头,使我终于明白了:当年整理"胡风集团"三批材料的主事人,在六月十日《人民日报》公布《第三批材料》之前,就知道"绿原并不是特务"这一事实的,正如阿垅做过许多地下情报工作的事实,当时就有知情人出示了证明一样。

但为了将胡风等一批不驯服的文化人与"国民党反动派"强拉到一起,正面的证明被置之不理,而虚假的谎言却被有意地维持。由于这类谎言(阿垅是国民党反动军官、绿原是"中美合作所"特务,胡风与国民党特务关系密切)的呈报,高层以假为凭,大笔一挥,一个"反革命集团"就被制造出来了。

"胡风集团案"是共和国成立后首次在全社会公开宣

布的"反革命集团"案,当时在普通人眼里,涉案人的面目是狰狞的,他们书写的字纸也是沾不得边的可怕之物。不过字纸这东西毕竟只是中性物件,无所谓好坏,而使用物件的人,倒有善恶之分。在历史尘埃纷纷下落时,呈现出的那些擅长利用物件置人于死地的人,才真正令人感到可怕。

二〇一二年九月
(刊二〇一二年第六期《随笔》)

零落成泥,其香如故
——《白色花》出版轶事

一九八一年,人民文学出版社推出一本书:黑色的封面背景上,一朵素色小花傲然挺立;书名《白色花》下方,作者署名的位置,仅有"二十人集"几字,这是一部诗歌合集。

该书面世后,年轻的读者突然发现:原来历史上还有这样一批诗人,写过这样一些诗篇。文学界传递着一个似旧还新的专有名词——"七月诗派",一段时间里,《白色花》似乎成了"七月诗派"的代表作。

事实上,《白色花》并非一般的文学书籍,也不是单纯的流派之作,它原本是部

初版《白色花》

平反诗集,一部名副其实的平反诗集。平反所指,即上世纪五十年代中期轰动一时的"胡风反革命集团案"。

称《白色花》为平反诗集,自有缘由,不妨先了解一下选题目的。

该书扉页标有两位编者名,但他们却不是《白色花》的选题者,选题者另有其人。主张为"胡风集团案"中的诗人出一本合集的提议者,是人民文学出版社诗歌组组长刘岚山先生。刘岚山一九一九年生人,人称"无党派民主人士"。他于四十年代开始从事编辑工作,一九五二年调入人文社,一九六〇年担任诗歌散文组组长。他提出该选题时,平反"胡风集团案"的中发(1980)76号文件尚未下达,选题具体时间应早于1980年初夏。

日后,刘岚山在自己的《业务自传》中提到《白色花》:"这本书的出版,在落实党的政策、体现双百方针的贯彻等方面,都不无某些意义。"《白色花》出版前,刘岚山发表述评说:"从三十年代末起,中国人民在伟大的抗日民族解放战争的熊熊烈火中,冶炼出一大批热爱祖国、向往革命和投入战斗的青年诗人,铸造出许许多多经历过时间风雨的冲刷而仍然保持着旺盛生命力的诗篇。现在还活跃在诗坛上的许多老诗人和陆续出版的他们的选集,其中一部分就是由此而来的。另有一部分诗人,则由于历史的错误,就像行进在沙漠中的骆驼队突然遭遇到漫天风暴的袭击,他们被深深埋进了沙丘;经过二十五年漫长的岁月,他们有的已经'凋谢',化为'猿鹤虫沙',多数还活着,但都已是年过半百的人,好像老树逢春,在党的十一届三中全会的阳光照耀下,正舒展青枝绿叶,张臂欢迎得来不易的春天。"

身为一名老编辑,刘岚山颇具前瞻眼光。之前在艾青的"右派问题"尚未解决时,他即提议组编《艾青诗选》。在"胡风集团案"尚未平反前,他再次想到,要为该案受伤诗人出本合集,与久违的读者见见面。人文社领导眼亮心明,顺应形势,无障碍地通过了该选题。

选题确定即该组稿,但"胡风集团案"长达二十五年,情况错综复杂,如何联系相关作者呢?正好,人文社内就有两名"胡风分子":一九五三年来社的牛汉,在胡案中被"隔离"两年,后被定为"一般胡风分子",留在原单位,但被开除党籍;一九六二年来社的绿原,原是中宣部的干部,在胡案中被"隔离"七年,进过秦城监狱,被定性为"胡风骨干分子"。曾有人撰文说:人文社有三名"胡风分子",还有一名是舒芜。这种说法纯属政治误解,不知晓"胡风分子"是一顶政治帽子,它的全称是"胡风反革命分子",舒芜与这顶帽子从来一毛关系都没有。牛汉涉案浅,一九七九年他的"胡风问题"提前获得解决,恢复了党籍。他与刘岚山同为现当代文学的编辑,先得知合集选题信息。绿原在选题确定时,尚未政治平反,但出版社领导于一九七九年曾推荐他以"特邀代表"的身份参加全国第四次文代大会,对他迈进历史新时期不乏鼓舞作用。既是"分子",又任本社编辑的牛汉、绿原,为这本诗合集出力,自然责无旁贷。刘岚山因而与二人密切合作,他代表诗歌组说明:诗合集是"为了平反,主要不是为了彰显流派"。当年案中人往来信件也有类似记录,绿原曾给鲁藜写信说:"那本诗集,是由诗歌组主动约编的。初步决定,不标什么派别,只是把这一批为诗受苦的人们的早年作品蒐集起来,给今天的读者看看。"

牛、绿二人商研后,达成共识:合集作者以"胡风集团"案受牵累诗人为主,收集作品以新诗为主,其中又以曾经发表过的在读者中有影响的诗作为主。随后他们联系了北京的同案人,大家又分别与外地的朋友设法沟通,共同打听其他同案人的下落,组稿工作就此铺展开。牛汉已具自由人的身份且有《新文学史料》编辑组稿的方便,诗稿就由他汇总。

二十五年来,"胡风集团案"涉案人之间大多失去联系,有的音讯全无,生死不知;有的虽近年"出土",但手头空空如也;资料散佚,搜求困难,连图书馆当年都和他们的著作划清了界限,旧作多被淘汰干净。开始组稿进度不太快,曾卓六月知晓,九月才寄出自己的诗稿;鲁藜则艰辛地从图书馆内部搜寻到自己的旧作。

九月底平反"胡风集团案"的中发(1980)76号文件传达后,进度明显加快了。

确知已经离世的同案朋友(如阿垅、方然、芦甸,传说还有化铁),他们不可能再自己提供诗作了,幸存的朋友则设法找到旧日期刊,抄出他们的一首首遗作。彭燕郊十一月四日写信给牛汉说:"我的诗,文革中全烧了,我在省图书馆找到《战斗的江南季节》,抄下三首,你看可以用不?"曾卓十二月六日写信给绿原说:"信收到,《诗选》不知定稿否?郑思的诗集我已清了出来,既已有十八人,他应该也可以算一个的,《秩序》可以入选。如需要,我可马上寄来。"《秩序》是郑思(一九五五年在隔离审查中自杀身亡)在《希望》上发表的唯一诗作,后收入合集。这期间,有同案人寄来旧体诗,也有入选作者将新旧诗作同时寄来,结果旧体诗都未选用。

诗合集计划第二年五月出版,最后截稿时有二十名作者。若问"为什么是这二十位",也许可以这样理解:在组稿的时间窗内,他们的诗作因缘际会地被选留。如延长组稿时间,肯定还会收入更多的人与诗。绿原日后就遗憾地提到伍禾、罗飞、林希等写诗的同案友人未能入编,其实还有更多人,只是时间老人无法再等了。

胡风创办的抗战刊物

这二十名作者作为一批人的代表,他们的创作与胡风先生有过或多或少的关系。其中,有十五名为胡风刊物作者:三位为单纯的《七月》作者(彭燕郊、钟瑄、杜谷),七位为单纯的《希望》作者(郑思、绿原、胡征、鲁煤、化铁、朱健、朱谷怀),五位是《七月》和《希望》两刊的作者(阿垅、鲁藜、孙钿、方然、冀汸)。另外五名:牛汉为《七月诗丛》第二辑作者,曾卓为《诗垦地》作者,芦甸为《平原》诗刊作者,徐放为《现实诗丛》作者,罗洛为《呼吸》、《泥土》作者。这里提及的"青年同人刊物",据说与《七月》、《希望》的创作倾向大体相同,几位作者也都与胡风本人相识。

但是,与胡风及其刊物有关的诗人远不止这二十位,而这二十位同时也在其他刊物上发表诗作,所以他们主要不是作为流派的代表入集的。曾卓寄诗稿时就说:"不过,我算'七月',总像有点勉强。"

再观察案情层面:二十名作者全都在"胡风集团案"中受到牵连伤害,四分之三被正式定为"胡风分子",所谓"骨干分子"约占一半;一九五八年被公安部门留下来的"问题严重者",在二十人中近三分之一,他们是阿垅、方然、徐放、绿原、冀汸、芦甸。六人中三人在平反前就已身故:方然于一九六六年"文革"中非正常死亡,阿垅一九六七年瘐死狱中,芦甸一九七三年在劳改中死于脑溢血。可见,被邀入集者更应被视为"平反诗人",而不是单纯的"流派诗人"。

似乎还有一个疑问:既然是平反,为什么没有收入胡风的诗作?

由于选题者与编者都已谢世,无法解答,笔者推测可能有两个原因:一是胡风的身份与二十名作者不同,他是诗人不假,但他更是一位理论家,让他挤在这些较他年轻甚至可称为后辈的诗人中间露面,混淆了他的学术身份;二是社会的思维是层层推进的,如同剥笋:先简单后复杂,先边缘后中心。数年后,《胡风诗全编》独立问世。

诗集内容基本确定,就需作序了。序言是桥梁,是读者与作者间的桥梁,对于在文学史上几近湮灭的一群诗人,重新面世的序言十分重要。

写序的最佳人选自然是胡风老先生,但是高龄的他离开高墙未久,尚未对接红尘,就又被疾病缠身。其次适宜人选是阿垅:既是诗人,又是诗评家,令人难过的是,他离开人世已十三个年头。组稿当初,商讨选定的序作者是曾卓。他那首《悬崖边的树》感动了无数读者,而且除了写诗,他还写散文,其抒情笔调很受青年读者欢迎。只是,多年的政治灾难损伤了他的肺脏,此时他旧病复发,无法紧张地写作。

发稿在即,时间不等人,于是出版者的眼光转向了绿原:他是本社编辑,理应为本社出版的书救急;刚获政治平反,为同案人代言,也是情理中事。而绿原内心明白:在"七月"队伍里,他是"后来的",且并非理论研究者。虽然过去二十五年他一直也在思索,而要代表二十名作者与新时代对话,手中之笔也着实不轻。不过正如台湾农村俗语所言的"时到时担当,没米就煮番薯汤",此刻自己必须"直下承担"了。

写出序初稿,绿原拿给牛汉、徐放、鲁煤和来京出差的罗洛细读,请各位朋友"字斟句酌,加以修改"。四位朋友对局部细节提出了补充意见,对全文却未做原则性的改动。之后,上海的同案朋友耿庸来京开会,这是一位名副其实的理论工作者,也是一名所谓的"骨干分子",绿原又征求了他对序稿的意见。耿庸"边读边有点感想",却认为"不必有所改动"。

一九八〇年十二月二十七日,绿原在给上海的何满子、耿庸的信中说:"《白色花》(诗集)已发稿,争取明年五月出书。序言将另发《当代》,领导的批示。责编还将写文介绍。牛兄说,想不到如此顺利。那篇序言虽由我执笔,但观点是大家的。如能要到清样,当寄一篇给你们。耿兄动身次日,徐放、鲁煤和我一同到医院去了。谈了两小时,病人(指胡风先生）哭了三次。就便谈到诗集（指《白色花》）事,问他如何看待'流派'创作的特点,他断断续续地说：'时代的真实,加上诗人自己对于时代真实的立场和态度的真实,才能产生艺术的真实。'足见思维能力未衰。已将此句纳入诗集序言中。"由此可知,经过绿原的消化整理,《白色花》序吸纳了胡风本人的观点。

合集作者的三分之二生于一九二〇年代,绿原也在其中,所以他写序的思路带有这个年龄段的特点。序言首先介绍合集作者多是在四十年代初二十岁上下开始写作的,是同抗战文艺一同成长的。回顾他们经历的那个历史时期：民族危机笼罩,政治形势严酷,在中国的苦难土地上和人民炽烈的斗争中,诗作者们在政治上有共同的信仰和向往,坚信并热望人民革命斗争的最后胜利,因而,现实生活是他们创作的唯一源泉。

尽管风格各异,他们在创作态度和创作方法上却又有基本的一致性,即努力把诗同人联系起来,把诗所体现的美学上的斗争同人的社会职责和战斗任务联系起来,以及由此而来的对于中国自由诗传统的肯定和继承。

对于人与诗的关系,他们是这样理解的：首先,诗的生命不是格律、辞藻、行数之类所可赋予的,诗在文字之外,诗在生活之中。其次,诗的形式不单纯是一般意义上的形式,而是和内容不可分割地成为整个诗的有机的组成部分。内容和形式的和谐统一,才是诗的极致。而最重要的,由于历史环境、时代性格和个人经历对于诗人的主观性的教育作用,他们进而要求自己在创作过程中,通过严格的自我审查,争取同人民大众的思想感情相通,反射出时代和人民的精神光泽。

序言认为,生活在四十年代的时空,对于合集作者这一批文学青年,诗不可能是自我表现,不可能是唯美追求,更不可能是消遣、娱乐以至追求名利的工具;对于他们,特别是对于那些直接生活在战斗行列中的诗人们,诗就是射向敌人的子弹,就是捧向人民的鲜花……他们坚定地相信,在自己的创作过程中,只有依靠时代的真实,加上诗人自己对于时代真实的立场和态度的真实,才能产生艺术的真实。这种创作态度是他们最基本的特色之一。

序言还认为,在新文学史中,四十年代不论从什么角度来看,都是一块巨大的里程碑。不但诗人艾青的创作以其夺目的光彩为中国新诗赢得了广大人民的信任,更有一大批青年诗人在他的影响下,共同把新诗推向了一个坚实的高峰,其深度与广度是二十年代和三十年代所无法企及的。

诗合集记录了作者们当年所走过的一段道路,在抗日战争和解放战争的洪流中,为自由诗运动的兴起和发展起过力所能及的促进作用。但到了五十年代,这批诗人一齐被迫搁笔,有的接着相继谢世。序言最后说:作者们愿意借用"白色花"这个素净的名称,来纪念过去的一段遭遇:我们曾经为诗而受难,然而我们无罪!

从序言结尾可见,《白色花》作为平反诗集,是确定无疑的。

关于《白色花》序,绿原日后曾说:"里面有些看法未必完全属于我,又不能说完全不属于我。"因为他毕竟不是代表个人执笔,而"我们"这个称谓却是有时空性的,不同的阅读者可以赋予它不同的内涵。

一九八一年八月,《白色花》终于"开放"。

之前绿原将序的校样转给上海的朋友,何满子拿给王元化看,王看后回复说:"满兄:绿序奉还。稿上我作了两处记号略有点小意见,指出当时不可能同工农群众有密切联系,故题材狭,知识分子味浓,这是从文艺工农兵方向去评骘。我觉得今天还是强调马恩文艺观重要。"何满子同意王元化的看法,同时认为序文应增加对于诗派所受限制的外在条件(历史条件等)的阐述,例如拉普思想的干扰,当时浮嚣的文风等等,认为这对现实和未来都有教育作用。耿庸将何、王的意见寄给绿原时,仍认为序文"不必有所改动":因为鲁迅先生早有联系人民大众的教导,文字上别人如何理解则可不必计较,一些问题正面阐述就可以了。

胡风先生可能认为《白色花》序文是代表"七月派"发言的,他在给诗评家周良沛的信中说:"艾青,是对读者影响较大的一位。但对七月派诗人们本身,有的有影响,大多数没有影响。《白色花》的断语是欠慎的。"虽然序文实际仅代表诗集的二十名作者(更是代表其中的青年作者),而平反诗人与"七月诗人"的内涵虽有相交却不完全相同,但绿原认为,胡风先生的意见对于新文学史的研究是不可或缺的。

何剑熏先生也曾是胡风刊物的作者,说话一贯俏皮,他写信对绿原说:"《白色花》序拜读,写得好,是一篇《翻案宣言》,你把胡的那个'主观战斗精神',解释得比他自己还清楚。"

但绿原在主观上恐怕没有想去阐述胡风先生的"主观战斗精神",他认为自己只是写诗之人,阐述理论更是学者的任务。自己在非常时期代言写序,仅是尽一份历史责任。

介绍平反诗人,不能不涉及文艺观、不能不涉及流派,话到嘴边,不得不说,不足之处自然难免,因而对于各方意见,他都乐于吸纳,以做进一步的思考。

他认为,所谓"七月诗派",就是从抗日战争爆发到一九四九年这段艰苦岁月以内,环绕胡风主编的《七月》《希望》两个美学立场坚定、创作性格鲜明的大型刊物而形成的一个诗人群体。而平反诗集《白色花》反映的只是该流派的局部投影,尚不能从艺术倾向上完全代表这个流派。

不过,"胡风集团案"的平反和《白色花》的及时出版,客观上促成"七月诗派"在历史中复活重生,同时有力地证明了四十年代的新诗绝非空白,不管人们喜不喜欢、承不承认,这一历经了两个战争时期并与斗争的时代同呼吸共命运的诗派,都真实热切地存在过。

绿原还相信,这一群诗人尽管被时光的尘土湮没了,但绝没有在文学史这片"战场"上就此"阵亡",他们当年永不满足、永不停滞、永不迷狂地为诗献身的精神将会长存,如同无数躁动不安的溪流一样,在从来并不平坦的大地上,绕过大大小小宁静而自得的池塘和沼泽,勇敢而自信地向着大海的方向奔去……

近二十年后,《白色花》被评为"百年百种优秀中国文学图书"。

二〇一五年入伏时

(刊二〇一五年第六期《随笔》)

二　辑

怀念邹荻帆老伯

邹荻帆老伯如果今天还活着,该是八十八岁了,正是人生的米寿。现今科学发达,老年人健康地迈过九十岁的门槛也并不稀奇,可惜邹伯伯十年前过早地离开了他的朋友们。但是,他的形象仍时常浮现在

邹荻帆先生

我的脑海里:那中等的个子,灰白的头发,红红的脸庞,以及他那永远诚挚的笑容。

邹伯伯的名字我幼年就知道,小时候听父母说过:"你的名字是谁起的,知道吗?你现在这个名字是邹荻帆伯伯送给你的。"长大一些,我才知道邹伯伯是父亲早年的好友。多年前的抗战时期,重庆复旦大学有几个年轻人,靠募捐筹

集一点经费,创办了一份进步刊物——《诗垦地》丛刊,领头人就是邹荻帆和姚奔。这份在国统区的小刊物克服了重重困难,发表过反法西斯专辑,转载过解放区诗人的作品,并曾受到周恩来同志的关怀和引导。父亲开始只是该刊的投稿者,与邹伯伯结识后,热情的邹伯伯不仅鼓励他继续努力写作,还劝他进复旦大学读书。父亲成为复旦的学生之后,他们则朝夕相处,一块儿写诗,一块儿谈诗,一块儿编《诗垦地》,还一块儿坐茶馆。在流亡时期,贫穷而快乐的朋友胜过了亲兄弟。在《诗垦地》结识的朋友,如曾卓、冀汸、冯白鲁等前辈,父亲到老都与他们维系着真诚的友谊。

邹伯伯是湖北天门人,家乡的花鼓戏、皮影戏曾在他幼年的心里撒下热爱艺术的种子,家乡下层劳动者的生存状况使他永生难忘。冀汸伯伯和他是小同乡,又是初中和师范的校友及文友。在冀汸伯伯的回忆录《血色流年》一书中,我见到邹伯伯青年时代的掠影:他原名邹文学,三十年代上初中时,在几位中青年老师的影响下,阅读了"五四"以来鲁迅、周作人、胡适、刘半农、刘大白、冰心、茅盾、巴金、郭沫若、王独清、张资平等作家大量的新文学作品,并开始了自己的新诗写作。他的处女作在汉口《新民日报》副刊发表,首次使用了"邹荻帆"这个笔名,这在学校师生中间传为美谈。在武昌师范学校念书时,国内著名刊物《文学》发表了他的叙事新诗《做棺材的人》和抒情诗《四月》,他在作品中对普通劳动者流露出真诚深切的感情。

抗战开始后,胡风先生创办文学刊物《七月》,创刊号上发表了邹伯伯充满爱国深情的诗作《江边》。之后,邹伯伯又参加发起"中华全国文艺界抗敌协会"。从师范毕业后,他参加了战区文化工作团和上海救亡演剧二队,曾去香港演出和募捐,宣传中华民族坚决抗战的爱国热情和行动。

四十年代初,邹伯伯想去延安而未成行后,考入重庆复旦大学学习,一面继续写诗,一面与朋友们编辑出版《诗垦地》。在同学和朋友们的眼中,他是一位既热情又仗义的老大哥。他当时在社会上已是知名的青年诗人(巴金先生为他出版过三本诗集——《木厂》、《在天门》、《尘土集》),他却从没有一丝傲气,总是诚恳而平等地待人,无私地鼓励和帮助爱好诗歌的年轻朋友们。

《诗垦地》的朋友,左起:绿原、曾卓、邹荻帆

抗战胜利后,回到家乡武汉,邹伯伯团结了一批进步作家,创办过《北辰诗丛》和《荆棘文丛》。他本来希望迎来一个新世界,但是当时的社会现实让他失望了。一九四八年他去了香港,这期间写过不少时事讽刺诗(见当时他自费出版的《噩梦备忘录》),抨击国民党政府的黑暗统治,还写过不少歌颂解放区、歌颂新生活的诗篇。他手上那枝不疲倦的笔,迎着时代的风雨,和着大多数中国人的心声,不断地流出真诚的诗句。

建国以后,他从事过对外文化交流的工作,做过《文艺报》、《世界文学》等报刊的编辑工作,但他仍然没有歇笔。他先后出版了二十多本诗集,还不算数量不菲的小说、散文和论文,这是一份十分勤奋的记录。记得一九八五年的《文汇》月刊上登载过他的一首诗,题名是《我的心律》,其中有这样的诗句:"说我的心律不齐/——心电图这样显影。/……怎么能宁静啊,心韵!/……那救亡的呼声震动我心律/……人民站起来的心花怒放的焰火/又如大理石浮雕刻在我心底/……如今敞开了窗户呼吸,/……我心头涌着奔马,/心韵依依/……嗨,喜怒哀乐之所在,心律怎能齐!/若干年后可能发现一枚心脏化石/那上面留有这些斑驳的图案/那是一页不完全的断代史。"诗中袒露了一位老诗人与民族、与时代同命运共呼吸的那颗赤子之心。还记得他的一首《西柏林小夜曲》,最后几句是:"西柏林/我寻找的是友谊,/我寻找的是诗情。/已经是夜深,/一个东方来的客人/心情有些儿焦急/敲叩着西柏林的大门……"淋漓尽致地表现出一位中国诗人对世界的友好及对诗歌艺术的执著。一九九三年,听说邹伯伯获得了"斯梅德雷沃国际金钥匙奖",他的诗集《和平颂诗》被外国诗友称颂阅读,我想这都不是偶然的。

他并不是一个只顾自己埋头写诗的人,他还热心地关注着中国的诗坛。十年浩劫结束后,他在作家协会主办的《诗刊》任主编。面对荒芜的诗坛,他大力推介新人,扶持正在成长的青年诗人,他曾在文章中这样说:"在我们的广阔的天空上,除了我们已经熟知的……,还有不少灿烂的星子,待我们去发现,去认识,……如果我们没有注意他们,认识他们,那该归咎于我们的视力,归咎于我们失职……"(《待认识的星群》)。与此同时,他又感同身受地为很多沉默多年的老诗人创造了重新面世的机会。为使中国诗坛步入新时期的正轨,他做了许多有益的事情。从那个时期走过来的许多人,会诚实地记得他和他所做过的工作。

离休之后,属于自己的时间多了,他遍访祖国的东西南北,从山山水水中感悟着中华民族的深厚顽强的生命力,几年间所写出的诗超过了建国后的十几年。为了使两岸三地和世界各地的华文诗人们聚在一起谈诗、谈心,他协助社会活动家、香港著名诗人犁青先生,及大陆老诗人野曼先生,组织起"国际华文诗会"。他与海外许多的华文诗友都建立了真诚的友谊,一如他青年时代对诗友那样真挚。许多到北京来的境内外诗友都喜欢去拜访他,他对他们中的每一位也都以热忱的接待"尽地主之谊"。

作为晚辈,我和邹伯伯有较多的接触,是在政通人和的新时期,在我从外地调回北京之后。邹伯伯住在和平里地区,我的工作单位离他家不很远,所以我常常充当他和父亲之间的"邮递员"。记得当年我去他家时,史春芳阿姨总是亲热地叫我:"女儿来了,快坐,快坐!"我知道史阿姨和邹伯伯生养了四个儿子,却没有女儿,所以也就乖乖地坐了下来。

一九八四年,邹伯伯第一次犯心肌梗塞时,我去了他家。当时家里人大气都不出,我也没见到在另一间房里静养的邹伯伯,只和史阿姨说了一些话。看来史阿姨把他照顾得很好,他后来不仅恢复了健康,还能出访国外。可惜史阿姨忽视了照顾自己,一九八九年夏日她重病住进了安贞医院。我去医院看过她两次,几天后她就去世了。我陪父亲去参加史阿姨的追悼会,看见邹伯伯已经站不住了,两边由人搀扶才勉强支撑着。

父亲和我都很为他担心,他和史阿姨相濡以沫几十年,现在剩下一个人,生活上、精神上将是什么景况?对老年人来说,再好的子女精力也是有限的,而时间却不会特别优待老年人,不会停下来等待。后来听说他和高思永阿姨又建立了一个家,我完全能够理解个中原由,也就稍微放下心来。

只是邹伯伯没有坚持很久,史阿姨去世六年后他也走了。他去世前几个月,我去过他和平里的家,当时他没在家里,小阿姨说他散步去了,我就等在单元门口,直到他颤巍巍地走过来。只见他脸色深红,开口说话,明显气力不足,我心里掠过一阵不妙之感。不久邹伯伯住进协和医院,父亲去看望他,回来说他精神还好,我们都希望像过去一样,他在医院住一段时间,再出院回家。不承想,在一天夜里他竟一个人悄悄地走了。

几天后,我陪着父亲最后一次去看邹伯伯,那是在协和医院地下一层一间权作告别室的小房间里。父亲在门外哭了出来,门里躺着的是与他相与半个世纪的老大哥呀,是比同胞兄弟还要亲密的老哥哥。

我陪父亲走出了地下一层,将他安置在一处休息,自己又回到了地下室,一直看着邹伯伯的最后离去。"再见了,邹伯伯!"望着带走邹伯伯的汽车渐渐消失,我在心里说,

"你是一个多么和善的人啊,如果人生真有来世,愿你来世有一个健康的身体,与你的诗友一起,继续写自己心爱的诗"。

邹荻帆伯伯是二十世纪三十年代的老诗人,在抗战的岁月里贡献过青春,为新社会的到来发出过呐喊,他热情地歌颂过新中国的建设事业,尽心竭力地行走在拨乱反正的历史进程中,在对外开放的新时期,又为华语诗坛在世界的崛起付出了最后的心力。他是一个正直的人,一个真诚的人,一个对祖国对人民有着炽热爱心的人,他所做的奉献和他的真实存在,是值得后人记住的。

二〇〇五年九月

(刊 52·53《银河系》)

冯至先生二三事

冯至先生是我父亲绿原非常敬重的前辈学者,到二〇一三年,冯老先生离去已整二十年。

冯先生生于一九〇五年,少年时受到"五四运动"的激励,喜读鲁迅先生的作品。考入北大后,他既写诗又译诗,并与朋友多次拜访过鲁迅先生。三十年代冯先生曾去德国留学,毕业后仍然回到了被日寇铁蹄践踏的祖国。

冯先生是一位能将西方文化与中国传统文化相融合的学者,较长时间在高等学府任教。一九六四年他被调至学部外国文学研究所任所长,"文革"中被戴上"反动学术权威"、"走资派"、"黑线人物"三项帽子,直到"文革"结束一年后才复职。新时期他荣任中国"德语文学研究会"会长,为中德文化交流做出不菲的贡献。一九八〇年冯至先生被瑞典皇家文学、历史、考古科学院选为外籍院士,一九八一年被前联邦德国美因茨文学研究院聘为通讯院士,一九八五年荣获民主德国"格林兄弟文学奖",一九八六年被奥地利科学院聘为通讯院士，一九八七年获联邦德国国际交流中心艺术奖和联邦德国最高级的"大十字勋章"。但冯先生更关心后学，于一九八七年设立了"冯至德语文学研究奖"。

冯先生是位极善良的老人，当重病袭来，住进医院，他顾虑的是：没想到会病成这样，很惭愧，自己不能工作，还要麻烦别人来看望；他遗憾的是：我还要做很多工作，可惜都做不了啦！

冯至先生

其实，冯先生已经做了很多很多。一九八三年慕尼黑歌德学院曾授予冯先生年度歌德奖章，不是没有缘由的。自一九三九年始，冯先生在昆明西南联大教书七年，教书之余他阅读了天才艺术家歌德的主要著作，研究了歌德的生平与思想，写作并发表了一批研究成果。他认为多才多艺的歌德既是德国的伟大诗人和思想家，同时也属于全人类。歌德写了六十年的一万两千多行的诗剧《浮士德》，既是欧洲四大文学名著之一，又是一部人类肯定精神与否定精神斗争的历史。冯先生认为：人们一旦从长年的忧患中醒来，还要设法恢复元气，向往辽远的光明，到那时，恐怕歌德对于全人类（不只是对于他自己的民族）还不失为是最好的人的榜样里的一个。

冯至先生对歌德的研究前后延续了四十多年，中间有过中断，这与中国大陆连续不断的政治运动不无关系。十年浩劫结束后，冯至先生继续了他的学术研究。他认为，整个十九世纪的诗人和作家们，不管他们是歌德的拥护者或反对者，绝大部分都不曾摆脱过歌德的影响，他们的成就也不曾超越过歌德已经达到的水平。冯先生研读了恩格斯对歌德的论述，却不苟同他对歌德晚年的批评。冯先生注意到恩格斯做论述时，歌德逝世未久，许多关于歌德的重要资料尚未发现，十九世纪末期以后，人们才逐渐认识到歌德晚年的作品才是他创作的顶峰。虽然德国的现实铸就了歌德的生活，但欧洲三千年的历史和当时沸腾的世界却不断丰富他的思想，扩大他的视野，强化他从青年时期就已蕴蓄的对于美好事物的渴望。歌德关心全世界的文化，展望着人类的前途，曾以极大的热情赞许英国的反抗诗人拜伦和法国的人民歌手贝朗瑞。所以新时期的冯至先生仍然认为：歌德是中国人值得尊敬的精神的朋友。

冯先生在西南联大授课中期，我父亲成为重庆复旦大学外国文学系的一名学生，他没有听过远在昆明的冯先生讲课，当时修的也只是英语和法语。五十年代，父亲不幸遭遇了"胡风反革命集团"案件，一个青年诗人突然被新政权和整个社会视为政治敌人，成为"胡风骨干分子"，面对的是地狱最底层和没有尽头、没有希望的时间大海,他该凭借什么支撑自己活下去呢?我不知道父亲之前是否阅读过冯至先生研究歌德的文论,熟不熟悉"从绝望中不断产生积极的努力,是歌德最伟大的力量"的论断,但现实的政治遭遇,却使他获得了与冯先生完全一致的认识:在绝望中不放弃努力,是人生不可或缺的精神。他决心在被监禁的时日遏制精神防止失常,为此决定用枯燥的外语学习来填充自己的精神空间和时间,他选择了德语,自学了六年。

三十年后,父亲阅读了冯至先生的《论歌德》一书,产生了强烈的共鸣,并提笔写了一篇《〈冯至论歌德〉读后散记》。在《散记》中他说:"最好不要把歌德想象成为一个高不可攀的'天纵之圣',他应当是一个和你我一样、但比你我更加坚韧的人。""从歌德所完成的文学事业的广度、深度和高度来看,从它们所反映的勤奋过程来看,从这个勤奋过程所泄露的创造的秘密来看,笔者有时不免觉得,与其说歌德没有战胜'德国的鄙俗气',不如说'德国的鄙俗气'终于没有战胜他,倒更能鼓舞我们这些凡人。""如果我们从伦理学的意义上读懂了《浮士德》,那么就会觉悟到人生在世,不仅要同身外的魔鬼作斗争,恐怕要花更大的气力来同自己身上的魔鬼作斗争……"父亲对歌德和浮士德精神的理解,获得了冯先生的赞许。

接受出版社的建议,年届七十的父亲又日夜兼程地用散文体重新翻译了一遍《浮士德》,几年后该译本获得首届鲁迅文学奖全国优秀文学翻译彩虹奖。

除了对歌德精神的共鸣外,冯至先生和父亲绿原之间还有些难忘的故事。

持手杖者冯至先生，左一绿原

一九六二年，无罪的父亲以"戴罪之身"回归社会，到人民文学出版社编译所三年后译校了德文名著《拉奥孔》，冯先生直到去世前不久都还记得这件事，他在一篇《肃然起敬》的散文中书写过三位外国文学同行，其中说："一九六五年，朱光潜根据德文原本译出莱辛的美学名著《拉奥孔》。译稿由我工作的单位介绍给人民文学出版社。不久，出版社编辑部回信同意出版，对译文也提了一些意见。意见相当中肯。问意见是谁提的，回答说是绿原。当时我很惊讶，我只知道绿原是诗人，抗日战争时期在重庆复旦大学专修英语，从来没听说他懂得德语。进一步了解，才知道他从一九五五年至一九六二年因胡风冤案失却人身自由，在监狱中面对四壁自修学会了德语。"冯先生平和温存的话语令人感慨，但更让人感动的是，父亲当年头上还戴着"胡风骨干分子"的帽子，而朱光潜先生却是冯先生的同事兼朋友，在这样的背景下,冯先生却摒去了"政治是非",实事求是地处理了相关学术问题。

一九八九年二月二十六日父亲收到冯先生的一封信,信文曰:

绿原同志:

我有一件事恳求你,不知你能否同意。

数年前,袁可嘉同志受青年出版社之托,编一部西方主要国家的诗选,按语别和时间排列。他曾叫我编德语诗歌部分。我曾为此草拟一份选目,并请北大的同志们译出了一些。我记得也曾将选目寄给你请你审阅。(冯先生旁注:"选目"很草率,还须修改。)这件事在我这里放了两三年,没有继续进行。最近可嘉找我,说出版社一再催他在今年内编好。我近来身体不好,"债务"积累一大堆,难于应付。我想请求你偏劳,把这摊子接下来,不知可否?我希望你万勿推辞。(冯先生旁注:选诗约一千五百行左右。)

敬礼!

冯至　一九八九、二、二十六

几天后冯先生又寄来一信:

绿原同志:

得三月一日来函,选编德语诗歌,蒙您慨允,非常感谢。我已转告可嘉同志,他很欢迎。我请他跟您直接联系,商订时日在舍下会谈一次。他给您打电话,打不通，也许会给您写信。

我上次草拟的那份选目，主观成分很多，多半从自己的爱好出发，需要调整。我想您会有更好的意见。

您赴德参加诗人大会，将在那里停留多少时日？借这机会当可了解一下德国诗歌现状。

祝春祺。

冯至　三月八日

信中提到的袁可嘉先生是冯先生在西南联大的学生，一九五三年我父母初调北京时，临时住地与钱钟书先生主持的毛选编译室同院，那时父亲与袁可嘉先生就见过面、聊过天。此时经冯先生推荐，两位诗人兼外国文学工作者进行了愉快而有效的合作。

父亲视冯先生为师长，冯先生却把后学当作平等的同事，给人的感觉是冯老先生不仅谦逊，而且正派，完全没有一点社会上流行的宗派色彩。父亲和袁先生都曾被某些学者贴过标签，有人还想当然地著文渲染这个"派""排挤"了那个"派"。但在冯先生眼中，却只有一个个具体的学人，他相信，不同部门或地域的文学工作者之间，既可以聊天、可以沟通，又可以共事、可以合作，协力推进中国新诗和翻译事业向前发展。

冯先生去世后，夫人姚可崑教授身体不甚好，因外国文学研究所推荐，父亲实际主持了《冯至全集》的编辑工作。那时我家附近没有公交车，冯先生的长女姚平大姐常常背着很重的书稿、走很远的路程来我家，与父亲商量处理《冯至全集》中的编纂问题。十二卷的《冯至全集》于二〇〇〇年出版,后获得国家图书奖,姚平大姐也成了我家亲人般的朋友。她称父亲为"老师",称母亲为"师母",多年地嘘寒问暖。友谊在父亲身后依然维系,令我和母亲非常感动:姚平大姐身上彰显的正是父辈给予的良好家教——别人一次相助,就终生不忘。

二〇一三年元月

(刊二〇一三年第二期《随笔》)

宁夏的，还是华夏的？
——高嵩老师纪念

高嵩老师走了，在这个炎热的夏天。

他是父亲绿原新时期结识的一位朋友，小父亲十五岁，相互间却有着无碍的心灵沟通。

父亲上世纪四十年代开始新诗写作，后因政治原因被迫长期沉默，二十五年后才重新提笔。在新时期，他被某些诗评家视为哲理诗人，但对他的"哲理诗"要作深入理解，并进行有水平的点评，反过来又考验评论家本身的水平，而高老师正是一位学养深厚的评论家。

高嵩老师一九六〇年毕业于西北大学中文系，曾在教育界任职二十年，是一位深受学生爱戴的老师；"文革"结束后他大学时期的"五七"问题获得了彻底平反，就转入文艺界，曾担任宁夏文联委员和作协副主席、自治区文联理论研究室主任、研究员，兼宁夏政协常委。他兴趣广泛且多才多艺。

高老师关注父亲的诗歌美学至少在三十年前。一九八三年,宁夏人民出版社为父亲出版了《人之诗续编》,这是"胡风集团案"平反后父亲最早出版的两本诗集之一,负责该诗集出版的是罗飞叔叔("胡风集团案"的受害人之一,从上海发配到宁夏多年)。高老师是罗飞叔叔很看重的文友,所以,罗叔叔曾和高老师谈论过父亲的诗,《人之诗续编》的序还在高老师任主编的《新月》文学杂志上发表过。

文学评论家高嵩

之后一些年,高老师为父亲的诗歌新作写过几篇有分量的评论文章,例如《生命哲学的幽思——读绿原新作〈哦,你?〉》、《雪线以上的孤攀者——绿原诗断议》、《关于〈微型诗学〉的札记》、《评绿原〈……他走着〉》。

《……他走着》是父亲晚年写就的一首长诗,该作品浓缩了他人生体悟的精华,而高老师读出了这首诗的文学价值,在评论中他说:"它的发表,是中国新诗的一个节日。这是一首象征的大诗。……在这首诗象征性的意象下面,是巨大的人格感叹,而在更深层,则是由批判产生的历史的、社会的、人生的巨大感叹的炽烈燃烧。这首诗是绿原用全部人情体验和世情体验,用全部生命力和艺术理想写出来的。这首诗,用新时期一些文学理论家的话说,反映了绿原本人'世纪末的精神向度'(借陈思和用语)。这个'精神向度',是用批判和坚守两只巨臂举起的崇高的人格造型。"

宁夏的,还是华夏的?

作为学者的高嵩老师,其诗评是颇具个人特色的,他从不人云亦云,而珍视从自己内心深处流出来的真实文学感受。除了厚重的大文外,小文他也写得十分精巧。近年在病中他还点评过一批名家小诗,掬一首《萤》过来,原作是:

蛾是死在烛边的
烛是熄在风边的

青的光
雾的光和冷的光
永不殡葬于雨夜
呵,我真该为你歌唱

自己的灯塔
自己的路

高嵩老师这样点评:"这是绿原早期的名作。那时候,觉醒中的青年,视旧世界为暗夜,视进步的理想为明灯。带着进步的理想走漫长的路,就如同可爱的萤,用自己的灯塔给自己照路。这就是《萤》的基础观念。年青的绿原用凝重的语言为萤造型,过了六十年,这个诗的造型已经变成石雕,陪伴一代代心灵的成长,发着光,带着雨夜的淅沥。"该点评既准确明晰,又生动好读。

据了解,作为文论学者及文艺批评家的高嵩老师,眼界是十分宽泛的,他在关注绿原诗歌美学的同时与之前,还发表过《论丁玲人格》、《鲁藜诗断议》、《邵燕祥诗断议》、《毛琦诗断议》、《青海高原的歌鸟》、《张贤亮小说论》等多篇文论。"断议体"这种诗评样式被打上他的个人印记,而《张贤亮小说论》更获得宁夏社科优秀奖。除了关注当代的诗人作家,高嵩老师的视线还穿越了历史隧道,因而又有《李白杜甫诗选译》、《敦煌唐人诗集残卷考释》等专著出版。他这位中国敦煌吐鲁番学会的一、二、三届理事,绝非浪得虚名。高嵩老师是河北省阜城人,民族汉,却出版有《回回族源考论》,他的治史功力,又使得他被人们称为"历史学家"。

高嵩老师出生于书香门第:外祖父就有很好的文笔,担任过天津某报刊的主编,毕业于天津女子师范的母亲,则是他的文学启蒙老师。高老师1956年开始发表作品时,年方十九。二〇〇一年他出版的长篇历史小说《马嵬驿》,被小说家张贤亮称为"非常优秀的作品",并于二〇〇二年获得《中国作家》大红鹰文学奖。所以高嵩老师在世人眼中也是"著名作家"。身为作家的评论家,因为深谙创作之道,他的文学评论就十分到位,绝不隔靴搔痒。

让我感到惊奇的是,二〇〇七年高老师又出版了《岩画中的文字和文字中的历史》这部研究专著,因而他还被世人称为"古文字、声韵专家"。之前就听罗飞叔叔说:高嵩老师这几年一头扎进了"岩画研究"中。我很好奇:"岩画中究竟有什么奥秘,居然吸引了高老师许多年,并让他下决心带着女儿一头扎进去?"

非专业人士对专业学术问题,自然不能多所置喙,但作为华夏子孙,我还是为高老师的研究成果感到骄傲。因为《岩画中的文字和文字中的历史》所研究的课题,涉及到中华民族历史的起源。记得上小学学习历史时,总要背诵"夏商周,春秋战国秦两汉……",但是作为华夏民族历史源头的"夏",又往往与古代神话糅在一起,不像其他朝代那么清晰。还记得前几年,学界曾组织了一个两百位多学科专家参战的"夏商周断代工程",一位在中央电视台就职的朋友全程跟踪报道了这一工程。我曾想:专家们既然能用科学手段将久远的三个朝代断开,那夏朝也不至于真的就子虚乌有吧!而高老师对贺兰山岩画的研究,应该是华夏精英追寻已失历史的一种努力、一段征程。

高嵩老师对贺兰山岩画的兴趣始于上世纪九十年代,经过十二年的研究,他否定了初期的认识及方法,又另辟蹊径。他认为:贺兰山岩画不是表象的"画",其中藏有"文字",即不像画的文字和像画的文字,而文字中蕴含有历史的信息。为了"凿穿地狱的底层,听到天堂的欢歌",他准备了一个坚实的"学术三角"(文字学、音韵学和古文献),决心带着女儿,手持"学术三角"的锐利工具,向岩画进军。

经过四年的艰苦跋涉,他们从贺兰山岩画中找到了夏朝十八位帝后之名及应用文字,并对近三百个文字进行了解读。解读推断,中华民族有过漫长的大同时代,约七千年前,华族儿女就带着农业文明、手工业文明和最早的文字文明,向世界各地播散。而贺兰山在八千年前至五千年前,则是华族的圣山——天柱不周山。

知名古文字学和音韵学家、中国音韵学研究会理事周祖庠先生说:"我们要找的商以前的历史,竟也比较系统地隐藏在贺兰山岩画中……是高先生为史学界和考古学界初步找到了比较系统的原始证据,这是对中华民族史前史的研究与证明做出的杰出贡献。"

除史前考古文字学外，该课题对岩画文字学和古埃及圣书文字学也有抛砖的意义。

二〇一二年高老师出版了他一生中最重要的著作——《大麦地岩画——夏朝档案》。大麦地岩画是贺兰山岩画的特殊部分，四千二百年前神秘的夏朝历史在高老师的研究中被徐徐揭开了面纱。

此时，因为胃底静脉曲张引发大出血，高老师已三次入院抢救，死里逃生，他在与死神赛跑。高老师的夫人李儒君老师说他"非常坚强"，但他自己内心十分明白：自己的时间已经不多了，所以他像屈原一般愤怒："苍天对我，何其不仁！我捧着丢失了的夏朝，从冥冥世界向他走来，他不雨粟以为报也倒罢了，何以竟如此之残毒！"

他请记者代为呼吁大麦地岩画的伟大之处：在于对夏朝史的记载，留下了纲领性的档案；在于保存了夏人记夏史之真；在于夏文字的生动展示；在于用岩画文字显示了夏时居住在大麦地及整个不周山的月氏大夏的存在及其处于时代前沿的文化水平。他说，用岩画聚合象形字的语句记载中原夏朝史事者，今之所知，惟月氏夏。

虽然对贺兰山岩画的研究，目前在学术界尚未达成一致的看法，但我相信：高嵩老师带领其女的研究是极其认真的，在对中华民族真实历史探寻的道路中，他们的研究成果，不论及学术价值，单说治学精神，就足以激励后来人的。

在高老师离去的今天，回顾他的学术生平，我认为他够得上"赤子丹心、才华横溢"八个字。他上大学前做过歌舞演员，大学毕业之后教书、写评论、著小说、研究历史，文史哲样样出类拔萃，可惜天妒英才，在他即将"返回"华夏历史的源头时,却将他收走了。

　　为什么高老师会取得如此多方面的成就？我想,家庭的文化背景是一个原因,他个人的勤奋是第二个原因,而第三个原因应该是宁夏这片原始、辽阔、粗犷而神奇的土地。他在这方土地上生活了半个多世纪,古老的宁夏文化一点一点地融入了他的生命,贺兰山岩画文化就属于宁夏文化内涵的一个部分。所以宁夏的媒体称高老师为"宁夏著名学者",这称谓既含有一份谦虚,又透出一份骄傲。

　　但是,我并不想只称高老师是"宁夏学者",因为他的学术视野并不局限在宁夏。从空间来看,他不仅关注宁夏,同时关注华夏,而且还关注地球上的其他地域,比如说埃及；从时间来说,他关心注视当代,同时凝视古代,他对中华民族的历史源头有着天然的追寻兴趣,这是一个发展比较全面的人必然会思考的问题。高老师生于华夏,又为研究华夏贡献了毕生,人们为什么不能称他为"华夏学者"呢？

二〇一三年九月一日

（刊二〇一三年第八期《黄河文学》）

华山脚下的赵景文

翻旧书时发现两片树叶,形状圆圆的,叶子一面是红色,另一面可能是绿色,不过因为年头太久而变成了黑色。它们包在一小张信纸里,信纸上写着"华山叶"三个字。于是想起这是一九七五年我从华山带回来的,由此又想起一位在那里工作过的学友——赵景文。

一九七五年那会儿,我还在西南地区一家大化工厂接受"再教育",年年要乘陇海铁路回北京探亲。一天一位出差回厂的同学告诉我,他遇见了赵景文,赵向他打听了许多熟人的情况,其中也包括我。鉴于礼尚往来,我给赵景文写了封信"感谢问讯",几天后就收到了回信。赵在信中说,他离开学校后,分配到陕西一家药厂当技术员,药厂在华山脚下,陇海铁路由此经过;他还说,如果我对爬山感兴趣,可以在华山站下车,他可以提供某些爬山前的帮助。华山为五岳之一,以"华山天下雄"闻名于世,我小时候看过《智取华山》的电影,对西岳的雄伟险峻自然十分神往。既然有老同学在华山脚下，为何不去领略一下西岳的风光呢！于是我决定秋天前往。

说起赵景文，他倒不是我入学那年的同学，他是北京化工学院六二级六七届的学生，比我们高三届。在学校里，高三届就是"老大哥"、"老大姐"了，我们年级很多人都认识他。系里开联欢会时，他出来反串过样板戏《沙家浜》中的阿庆嫂，他的嗓音和表情，给低年级同学留下了深刻的印象。"文革"开始后，学校停了课，年级之间进行"串联"时，我认识了赵景文。听说他是保密专业的学生，功课很好，又是"红五类"出身。在"文革"中，人的出身是十分重要的，它决定一个人在社会中的位置和说话的声调。赵景文出身于贫农，来自北京郊区房山一户贫农的家庭，不过他平易近人，没有某些"红五类"子弟的傲气，又有很强的组织能力，在同学中间有相当的感召力。他们年级组织活动时，他常常是召集人之一。低年级同学中不少人很佩服他，认为他日后必是大有作为的人才。

到一九六八年，赵景文他们年级的同学基本上都毕业离校了，他却不知道怎么患上了肺结核，住进了学校附近的传染病院。当时学校内正在"狠抓阶级斗争"。赵景文他们过去支持的一位系主任被说成是"叛徒、特务、走资派"，与他有交往的教师们多在接受审查，赵景文住在医院里恐怕也有不小的精神压力。听其他班级的同学提到赵景文的处境：本年级的人都风流云散了，就他一人住在传染病院。我想应该去看看这位老大哥，虽然未免要担些政治风险，不过也管不了那许多。在医院里，我看到他果真显得凄凉寂寞，谈起外界的人与事，他颇有"世事无常"之感；不过，有低年级同学来看望,他还是很高兴的。

一九六九年末,北京高校最后两届学生被"战备疏散",离开了首都。我们学院有两百多学生被送到四川的化工企业,参加一线生产劳动,一年后我们就地进行了毕业分配。数年过去,想不到这位老大哥病愈后,并没有去从事他学的保密军工专业,而变成了地方药厂的一名工艺技术员。他还记得当年住医院时,有几个低年级同学去看望过他,这也许就是他邀我游华山的原因。

我到华山后,赵景文帮我找到一个落脚地,又推荐了一位爬山向导。向导也是化院的校友,名李子林,一副精干打扮,他说自己已经爬过十几遍华山了。第二天早上五点,我随李子林出发。先穿过很长的峡谷,沿途巨大的石头告诉我,这里经历过沧海桑田的变化。经过十八盘后,开始攀登绝壁:千尺㠉、百尺峡、老君犁沟,一处比一处险,旁无扶手,且只容一人行进。经过北峰,越过苍龙岭,我们来到金锁关,极目望去,华山的东西南北中五个山峰宛如一朵莲花。李子林体力很好,行进速度不慢,我必须紧紧跟上,才能一个山峰接一个山峰地领略其味。我们爬上了最高点的"南天门",体验了"鹞子翻身"的惊险,观看了"沉香劈山处",……直到晚上十点钟,我们才回到出发地。

这次爬山给我留下多年难忘的印象,虽然后来我还爬过一些山,但印象都没有像这次爬华山那样深刻。因此,我十分感谢赵景文为我提供了这次攀越机会。但日后我却没与他保持联系,是他很快调动了工作,还是我忙于自己的事务,已经记不清了。我在八十年代中期调回了北京,十年后在甘家口一带访人问路时,无意中发现指路人竟是赵景文。

我想开个玩笑,就骑车追上了他,并客气地问他"是否姓赵"。他很惊讶地停下来,好半天才说:"哦,我想起了你是谁",不过还是叫不出我的名字。

这回倒该是我感到"世事无常"了。

过了两年,我在单位院子里又看见了赵景文,他来找我们单位的一位同事(也是他们年级的一个同学)。此时他头发花白,身体发胖,一点也看不出当年反串阿庆嫂的风采。他说他现在在一家医药设计所主持工作,地点就在附近的化工计量院。我希望他在我们的刊物上有时做做广告,偶尔也到他们设计所走动。不过每次去,都看见他坐在堆满文件的办公桌后面,一脸倦容,似乎连站起来的精气神都不足。听他说,上级单位的个别领导干部对他的工作不很支持,他只能与单位脱钩,带领医药设计所一班人,在市场大潮中自谋生路。

二〇〇一年最后一个月,我听到这样一个消息:赵景文因患癌症不幸去世,享年五十八岁。

初听噩耗,我不知该说什么。这位老大哥式的学友英年早逝,实在让人惋惜。本来他完全可以成为一名军工专家,或者像他某些同学一样在企业里担任厂长、总工的,可是造化弄人,他好像一直没有找到适合他的环境。如果他的环境好一些,人们对他又能多一些理解,多一些宽容,也许他不一定会患上不治之症。再如果,他能早些善待自己,不那么劳累,也许也能延缓生命。生命是宝贵的,但也是脆弱的。当一个熟悉的生命消失的时候,人们常常觉得生命太短暂;而当这个生命存在的时候,却往往又对他(她)麻木不仁。那么,我们究竟应该怎样对待自己和对待他人呢,难道不该好好思索思索吗?

　　写到这里,我又想起了华山和华山脚下的那个药厂,赵景文在那个药厂工作过,那座天下雄山也曾经俯视过他。他永远离去的消息传到那里的时候,山上的那些树叶会为他摇动吗?山风会为他悲鸣吗?我不知道,但希望会这样。

二〇〇三年八月八日
(刊二〇〇三年第六期《黄河文学》)

记 W 君

在南国的海滨城市珠海,我第二次见到了 W 君。上次是两年前在北方的大连开会,这次也是在会议上。W 君来自美国,华裔人士,人很活跃,他会在各种场合把握各类镜头,适时将它们收进他的数码相机里。

一天,在宾馆的旋转餐厅午餐,每桌四人,他恰巧坐在我的对面。由于就餐气氛轻松随意,我们进行了礼节性的交谈,他的普通话说得不错。我问他在美国生活了多少年,他告诉我:他是一九八九年从大陆移民过去的,就便讲述了一些与此有关的趣事。

八十年代,W 君曾是沿海某省文化机关的一名干部。有一天,他参加了一个同学的婚礼,新娘子来自大洋彼岸的美国。婚礼过程中拍了许多照片,W 君自然也被摄入其中。照片被带到美国,新娘有一位要好的女友,在端详了若干张之后,指着其中一人问道:"他是谁?"这个"他"就是 W 君。

后来的发展有些戏剧化。通过友人介绍，W君和那位新娘的女友开始了普通社交性的通信。但是，W君写不了英文信，而那位女友虽是华裔，却已是第三代，到她这一代，不仅汉语不会写，连说也不会。于是，他们只好请一位翻译朋友在中间帮忙"穿针引线"。

三年之后，美国女友说要来中国"观光"，正巧此时单位给W君分了一套三居室，于是他用这套新房接待了远方来客，并请翻译朋友也住进套间中的一间。"观光"结束后，女友回到大洋彼岸，似乎一切依旧。但是后来她给W君写来一封信，说她家里人全都反对她选一个不会说英语的人作终身伴侣，只有一个姨妈支持她，所以她亲自前来"考察考察"，以便做出最后的决定；又说她现在想好了，并问他是否愿意赴美与她共结连理。W君进行了认真的思考后，在回信中提出了这样的问题："我去美国能做什么呢？"这是一个多少流露出自力更生精神的问题。随后女友回信说："你可以先学英语，然后再找一份适合你的工作。"

在多种因缘的作用下，他终于接下了大洋彼岸抛来的"红绣球"。

十多年过去了，W君已经习惯了美国的生活，并成为两个刊物的主编。不过在家里，他仍忘不了自己的母语，虽然他也能说一些英语。而他的夫人也学会说一些汉语，他们在生活上和感情上的交流，自然不再需要哪位翻译朋友了。只是，一有机会，他总要回大陆探探亲，开开会，过一过旧日熟悉的故国生活。

听完W君的这段人生经历，我对他似乎有了深一层的了解。美国的物质生活虽然好，总难免会使他感到寂寞，而大陆是一块他所从出生和成长的土地,还有许多他熟悉的亲属和朋友。人可以选择生活在另一个空间,但要他割舍与故乡的精神联系,毕竟还不容易,所以他会常常回来的。

作为同胞,我希望他生活得幸福、轻松和快乐。

二〇〇三年九月二十五日
(刊二〇〇三年十二月十八日《贵州政协报》)

三 辑

罪恶的历史仍在杀人

眼前这张照片里的人是一位青年女性,端庄典雅,充满活力,深邃的眼睛凝视着面前每一个望着她的人。她叫张纯如,美籍华裔女作家,一九九七年用英文写作出版了一本题名《南京暴行:被遗忘的大屠杀》的书。该书以翔实的材料记述了六十八年前侵华日军在南京犯下的种种惨绝人寰的罪行,曾被 Bookman Review Syndicate 评为当年最佳图书。

张纯如

张纯如生于一九六八年,在美国新泽西州普林斯顿出生,在伊利诺州长大,受过很完备的西方现代教育。如果她像另一些人,只把人生目标定位在个人的事业上,她会成为一个卓有成就的记者、作家、史学家,她的个人家庭生活也会是十分幸福美满的。

但是她没有选择这条常人走的道路,也许这是因为她的血管里流有她爷爷的血液。她的爷爷叫张铁君,原籍南京,一九三七年日军在南京的大屠杀给他留下永生难忘的印象;后来他离开了大陆,常常给后代讲述这段亲身经历的中华民族的悲惨历史。这种口口相传的家庭教育,在幼年的纯如心里播下了追寻历史真实的种子。她成年以后,发现在美国的图书馆中,竟然没有一本可以帮助大众了解这个历史事件的书籍,因此决定自己来写这样一本书。她曾经说过:"我写这本书,完全是出于一种愤怒的感觉,能不能赚钱我不管。对我来说,就是要让世界上所有的人了解一九三七年南京发生的事情。"

看得出纯如是个性情中人,她在整个写作过程中是极其投入、极其认真的。为掌握充分的资料,她到过中国、日本、德国和其他许多地方,收集了各种中文、日文、德文和英文资料,以及一些从未出版的日记、笔记、信函、政府报告等原始材料,甚至查阅了东京战犯审判记录稿。她还通过书信联系过日本的二战老兵,来大陆采访过当年众多受害者,去欧洲寻觅过外国见证者的后人。在大量历史资料的基础上,她写出了那本对世界有着深远影响的著作。

《洛杉矶时报》称她是"最好的历史学家和人权斗士",认为她是"在美国成长的华裔青年模范"。著名的历史学家安布罗斯还称赞说:"张纯如可能是美国最优秀的年轻历史学家,因为她了解必须用引人感兴趣的方式来传达历史意义。"

按思维惯性，人们有理由期待张纯如的下一本历史著作面世，并相信她还有很长的人生道路。然而，不幸的是，就在《南京暴行：被遗忘的大屠杀》出版七年之后，她却自杀身亡了，我眼前的这张照片不过是她的遗像

张纯如曾对人们说过："我相信最终真相将大白于天下。真相是不可毁灭的，真相是没有国界的，真相是没有政治倾向的。我们大家要同心协力，以确使真相被保存、被牢记。使南京大屠杀那样的悲剧永不再发生。"这样一位有良知、有责任感的作家和历史学家却离开了人世，并且是在花一样的年华，让认识和不认识她的善良人们不能不难过万分，不能不痛责造物主的不公。

在悲痛悼念之余，人们是否还应该追思一下：为什么一颗上升的新星会坠落呢？为什么她会采取那么绝烈的手段结束自己年轻的生命呢？难道仅仅是"自杀"这么简单吗？

张纯如原本是一个单纯的女孩，除了童年听到过大人所谈的一些可怕的往事外，她的成长环境应该算是和平的，她的心灵也是稚嫩的。但当她决心用自己稚嫩的肩膀来承受沉重的历史重负，面对一段被逝去的岁月掩盖的丑恶的人间罪行时，她原本单纯的环境就被破坏了。通过时空隧道，她回到了六十多年前她祖父亲身经历的历史现实中。但是，她看到的丑恶更多，因为她是一个调查者；她承受的内压更大，因为她是一个柔弱的女子；她承担痛苦的时间更长，因为她的写作延续了好几年。

鲁迅先生说："真的猛士，敢于直面惨淡的人生，敢于正视淋漓的鲜血。"张纯如正是这样的猛士，她直面了，她正视了。那些罪行，善良的人们不能理解、不能想象的人间罪

行,通通呈现在这个年轻的女性面前:被日本兵用刺刀挑起的婴儿,被活活投入滚烫的开水锅;被日军集体强奸的妇女群,再逐一被杀死;太阳旗下面的砍头、活埋、火烧、淹溺、狗咬、分尸……还有更多、更多……

她毕竟是一个血肉之躯,一个未经磨难的二十多岁的女孩,当一幕幕人间惨剧大量而集中地投映到她的内心时,她不能不全力以赴地承受着一个民族和一个时代的重压。在这本二九〇页的著作的写作过程中,她在精神上和体力上付出了巨大的代价,经常"气得发抖、失眠噩梦、体重减轻、头发掉落"。用她自己的话说,写作使得她对人性有了新的认识:人既有做出最伟大事业的潜能,也有犯下最邪恶罪行的潜能——人性中被扭曲的因素会使最令人难以言说的罪恶在瞬间变成平常琐事。然而,个体生命的精神承受能力不是无限的,长期的愤怒和绝望,必然使她遭受强烈的刺激和伤害。那些从战场退伍回国的美国士兵,很多人后来都患上了心理疾病,而张纯如所受到的心理伤害远远地超过了他们。凭借对历史、对民族的责任心,她强忍痛苦完成了自己选择的任务,而那些历史的罪恶却最终扼杀了她。

她患上了忧郁症,这不仅是在写作过程中受到了上述强烈的身心伤害,更因为她出书后不断受到日本右翼极端分子的迫害。他们公开地攻击她,包括大量的人身攻击;他们私下里恐吓她,向她发送威胁信件和电话,使她几年来一直处在恐惧之中。她虽然生活在一个所谓"民主"的美国社会,终于也没有找到一块能让自己安心的净土,于是她对准自己举起了手枪。张纯如的自杀不可能是一个纯个人的选择,这个举动的根源仍然在于六十八年前那些惨绝人寰的暴行及其延续,正是那些暴行的阴暗能量穿越了时空,在二十一世纪的今天杀死了张纯如,一个如花的生命。

今年是二〇〇五年,正值人类反法西斯战争、中国人民抗日战争胜利六十周年。面对张纯如的遗像,我们该做些什么呢?张纯如走了,但第二个、第三个张纯如呢?难道人们能眼睁睁地看着她们继续被杀吗?地球上一切坚持正义、爱好和平的人们是不是应该成立一些专门机构,认真研究一下历史暴行的那些阴暗能量,及其对今天世界的影响?是不是应该研究一下群体犯罪的心理学?并且研究一下当今世界恐怖分子的心态的产生与发展,以及霸权主义者的思维根源和去向?暴行是受人的心理支配的,了解病态的心理,并在全球范围内实施准确的治疗,才能真正防止历史性的人类暴行再次重演。

(刊二〇〇五年第四期《随笔》,二〇〇五年九月十三日《文艺报》,二〇〇五年第十九期《读者》转载)

一片冰心在玉壶
——读邹荻帆的诗

诗人邹荻帆这个名字，对于上世纪六十年代以前出生的很多读者，应当不是陌生的。他是三四十年代就很活跃的青年爱国诗人，一九一七年出生在湖北省的天门县，十五岁（一九三二年）在初中开始接触新文学，曾受到茅盾、巴金、冰心等"五四"老一代作家的影响。在湖北省师范学校念书时开始新诗写作不久（一九三七年），他的两首诗就发表在当时颇具水平的——《文学》杂志新诗专号上。巴金先生向他慷慨地伸出过援手，四年间为他出版了三本诗集——《在天门》、《木厂》、《尘土集》，几年后又出版了第四本——《雪与村庄》。一九四二年胡风先生编辑《七月诗丛》时，出版了他的另一本诗集《意志的赌徒》。在六十年的文学生涯中，他问世的诗集多达几十部。一九九三年邹荻帆荣获"斯梅德雷沃国际金钥匙奖"。他以自己的作品真诚地面对人生，一九九五年在北京告别了诗坛和人世，他的读者至今记得他的诗。

第一次读邹荻帆,是他早年的一首短诗《蕾》:

> 一个年轻的笑
> 一股蕴藏的爱
> 一坛原封的酒
> 一个未完成的理想
> 一颗正待燃烧的心
>
> ——《意志的赌徒》("七月诗丛"第一辑)

五个排比短句,每句五六个单词,通过内在的节奏和韵律,将年轻诗人对于生命的美好向往和跃跃欲试的青春张力,活脱脱地表现出来。"年轻的笑"、"蕴藏的爱"、"原封的酒"体现了原始生命力,"未完成的理想"和"正待燃烧的心"则是原始生命的指向。年轻诗人对生命、对人生充满热情,他不是旁观者。

后来,又读到他的组诗《花与果实》。序诗里有这样两句:"不是为着开花 /而是为着结果呵。"为什么不是"为着开花"呢?难道花不好看吗?看来诗人是个脚踏实地者,看重的不是视觉的享受,而是给人们带来切实的利益。在《豆荚》一节里,诗人满怀爱心地唱道:"在绿软的豆壳里面 /白色的纤毛上 /豆儿们 /像一排排天真的婴儿 /躺在天鹅绒的摇篮里,/胖胖的脸上含着微笑,/有蓝色的带着粉翅的蝴蝶一样的豆蔻花 /飞进你们的梦里。"诗人对"豆儿们"观察入微,对"婴儿"们充满了爱意,他爱自然却更爱人:"我们是要让我们的孩子 /有一张温暖的床 /而且在他们的圆帐顶里／漾着一个苹果一样的笑的……"这是怎样一个慈祥的父亲,怎样一个宅心仁厚的歌者啊。

邹荻帆的诗旅是由长诗起步的,《没有翅膀的人们》、《在天门》、《木厂》是他的成名作。他生于邻近洪湖的长江边,与他血肉相连的底层人们最先为他提供了诗歌的养分。在这些叙事长诗里,他以悲怆厚重的情怀深深眷恋着自己的家乡和家乡的人民。

诗人的爱是广阔的,他爱的不止是家乡,同时深爱着行走在脚下的广袤的大地:"两年了／我行军在这广阔的草原上,／……好像看到了一张会心的微笑的脸;／……我不会忘记这草原,／我不会忘记垦殖这草原的／逐水草而生活的祖先们,／向秋天的草原／我轻轻笑了一声。……"(《草原上》,一九三九)

他同样深爱着伴随自己长大的长江:"浑黄的江水在夏天涨了,／跳跃着万顷激流,／像一匹载满了风沙的战马／驰骋着……／江,——／我爱你雄浑有力,／泻流万里……／江,——／感谢你给予了我的启示,／我也将供献祖国以些许的力量,／些许的温暖,／而跨上征马,／蹄声掀起灰尘／随着你滔滔的洪波不息而永驰。"(《江》,一九三八)

诗人的眼界是开阔的,因此歌声是豪放的。"祖国"和"祖先"是他的两个难以泯没的情结,"风沙"、"战马"、"江水"、"洪波"则是他笔下时常涌现的意象。当祖国遭受侵犯时,诗人由对祖国的爱生发出对入侵者的恨,他要用自己的双手保卫自己的母亲,他看到:"在今天,／祖国的原野／为黑暗所笼罩,／急风扫过了树林,／那跃过山岗与湖沼／咆哮着的野兽／朝我们睁红着眼睛／发出了紧促的呼吸。"他高呼:"年青的歌手们呵,/迅速地/坚勇地/举起我们底笔杆与钢枪吧,/不要等待黑暗与猛兽来啃嚙着我们。"(《给年青的歌手们》,一九三八)诗人这些热情的呼声,传入今天的青年读者心里,仍然可以触发他们心灵的共鸣。

写于一九三九年的《雪与村庄》,诗人描绘了抗战军士的艰苦卓绝和坚韧顽强:"寒冷的村庄呀!/天际是沉坠的灰云,/没有飞鸟,/银亮的雪地上/风咆哮地滚过了村庄,/从雪地里来/又钻向雪地里去,/地平线在灰白的云絮里冻结了!//士兵们是来自雪蒙着的/远方的城楼里,/很长的日子,很长的路,/他们不曾得到休息。/而风/用着尖厉的舌叶舐着他们的皮肤,/把冰雹向他们脸上唾掷。"读者仿佛就置身于恶劣的天际间:"雪迷糊了道路,/人们好像航行在阔野的海洋里,/永远是掀起而又落下的雪浪,村庄如同海洋中的礁石/淹没在雪的浪堆里,/骑马而来的人望着,望着/只见风卷着雪向远方滚去……"

这首诗写于六十七年前,语言明朗而清新,景象鲜明而深刻,使人迄今不觉时空的遥远,一切好像发生在眼前。抗战的"马队进行着","像一条白线的浪卷向远方去",然而他们的宿营地,却是"贫穷、荒僻、寒冷的村庄",买不到粮食,点不着湿柴,没有稻草,没有蜡烛,"士兵们打着鼾声,在黑的土墙角落/裹着军毯/挨贴着冰冷的地皮",第二天清晨却照样唱着歌曲起床。这些细节的描写,深深地打动了今天的读者。诗人同时借用中国古代雪地偷袭敌营的故事和拿破仑在落雪俄罗斯的惨败,严正地警告日本侵略者:"虽是贫穷、荒僻、而且寒冷的村庄,但决不让盗贼们栖息。"随着强劲地跳动着的时代脉搏,诗人的爱国情怀跃然纸上。

再读诗人一九三八年在追求光明的征途中所写的《走向北方》:"穿过了滴绿的树林/与淡墨水的远山,/赭石色的大路上,/我们以沉重的脚步/走向北方。"——这是行军情景的描述。"一天天/我们底脚掌磨得更粗粝了,/我们将以粗粝的脚趾/快乐而自由地行走在中国底每一条路上,/吻合着祖先们底足迹。/晚间,/我们投落在/墙壁霉湿的屋子里,/围着跳跃的烛光,/用生水吞着那走了味的麦饼,/草席上我们脱下沾着泥土的鞋/记忆数着大路上底脚印。"——这是诗人和战友们为实现理想而以苦为乐的感受。"烛火跳跃着,/灼热的心也随着烛光跳跃着呀!/祖国呵,/我们为着争求您底自由与光明,/灼热的心无时不是在追逐着遥远的风沙,/而不辞万里的行程啦。"——这是诗人的心在向祖国母亲倾诉和吟唱。在这首诗中,叙事与抒情手法得到融洽无间的结合,"祖先"和"祖国"的情结随之在读者脑海中自然而然地再次强化:这是一个立足于现实的土地,既不忘却历史祖先,又面向未来远眺的现代中国诗人的典型。

一九四六年,诗人终于走进了中原解放区,那是一个焕发勃勃生机的新天地:"翻过山,/今夜/我来到这里。//笑着,/堆着罗汉的山,/战士们/烧着野草,/野火/一列列地/流走,/一个美国记者说:/咦/这村庄的霓虹灯/好亮!//夜/有这样的繁华。"诗人的眼见强烈地冲击着他的心:"我仰起头,/纵使我望不见什么/也会想到——//一切的峰顶/有战士的岗,/冰凉的/刺锋上/亮着/高高的/北斗

星。//他们沉默地喊着:/夜呵 /醒过来!"(《繁华的夜》,《希望》六期)

山、野火、战士、北斗星……诗人捕捉的种种形象,表现了他对于新生活、新时代的向往。"夜呵 /醒过来!"更传达出一种唯愿黑夜快些过去、光明早日降临的强烈心愿。他的心像野火般地燃烧着,高高地升腾着,永远追寻着指引方向的北斗星。

法国诗人雨果说:"诗人承担着灵魂的责任。"诗人邹荻帆没有忘记自己的这一责任,这个责任是和民族的命运、人类的命运联系在一起的。作为个人,诗人虽然可以在某些时刻抒写纯个人的生命感受,但一个从不关心人类命运和世界前途的诗人,他的存在从根本上就失去了社会的价值。只有那些用爱心拥抱人民和人类的诗人,才有可能突破个人感受的局限,进入更高层的人类精神领域。

这类有使命感的诗人并非没有自我意识,只是在他们的"自我"结构中,对于社会自我意识(个体扮演的社会角色,也是自我概念的核心)和理想自我意识(在理想中我该是怎样的人),领悟得比一般人要明晰得多。邹荻帆在他的《繁华的夜》这首诗里,有这样一小节:"我问着自己:/世界上活着了我/是为着什么?"这正是诗人对内在的自我意识的审视与思考。能获得完备自我意识的人,必然同时会获得自信心,其中包括民族的自信:这可能就是邹荻帆的诗歌格调高扬、感情奔放的内在原因。

历史走过曲折的道路,诗人在新的时期对祖国和人民依旧一往情深。读到他这样的诗句:"今天我们见到的是 /航程的转折,大海的黎明,/我警惕自己 /如果现实还满是蒿莱/再甜蜜的安眠曲/也阻拦不了梦魇撞破宁静,/既然灾难的历史针灸了耳聋和夜盲症/我决不让竹叶蔽目/而见不到太阳旋飞于蓝海/也决不让红豆塞耳/而听不到乌云送来的雷鸣,/祖国啊,我们的心胸是回音壁/永远听到你在呼唤我们的乳名"(《南方诗旅》,一九八四)"哪怕我是小草一棵,/也要顶一颗露珠。或许我会衰老,/而我要护卫你,/我发誓……"(《祖国》,一九八三)读者会再次被诗人对祖国母亲永难改变的赤忱之心深深感动。

在新时期,邹荻帆的新诗集《如果没有花朵》、《布谷鸟与紫丁香》、《邹荻帆抒情诗》、《西柏林小夜曲》、《浪漫曲》、《爱与死的搏斗》……像清泉一样地喷涌出来。诗人就像一只忠于季节的知春鸟,家乡的生活和文化教会他通过"真"与"善"去寻求"美"的道理。如他自己所说:"我从少年时开始学诗,不是从空洞的、自我欣赏的抒情开始,而是从生活中来的。这是基础。""在那样黑暗痛苦的年月,我深信一些诗友所写的诗都是情真意切的。没有真情,也就没有诗。不是讲真话,也没有诗。情真语真这是一体的。"在个人风格方面,他说:他"从来不采取某种固定的格律而作茧自缚",认为"题材还是广一点好。艺术表现的形式,也可以是多样的"。他擅长写叙事抒情长诗,也写过不少生动耐读的短诗,如《春》、《春(之二)》、《蕾》、《车》、《黑夜》、《旅途》等,还写过一些政治抒情诗和时事讽刺诗,如《新时期》、《反对邱吉尔》等。他的诗歌注重对现实人生的关怀,明显地继承了直抒胸臆的新诗传统,语言刚健形象,不事雕琢,意象营造讲究明朗,现实美与理想美在他的作品中得到自然的融合。邹荻帆少年时期所接受的传统文化教育、中学时期接受的新文艺的熏陶、大学时期对西方文化的接纳和吸收,形成了他的综合诗风,其最核心的部分应该是,他在响应时代召唤的同时,忠实于自我心灵感受的求真个性。

在二十世纪的中国诗空,有许多耀眼的星辰,邹荻帆在其中不是熊熊燃烧的天狼星,不是光度微弱的白矮星,也不是一闪即逝的流星,他是璀璨群星中的一颗,明亮而稳定地发着光,与周围的星辰伙伴交相辉映,共同装饰着美丽的银河。在艾青引吭高歌的三四十年代,邹荻帆发出过强有力的和声;在铁与火的风暴中,他的纵情歌唱影响过不少比他年轻的同代人。由于他的人格魅力——宽宏友善、真诚助人,为了走向把中国新诗写得更好的共同目标,在他的周围常常聚集着众多的诗友,许多人都著文回忆过年轻时代从他得到的引导和帮助。七十年代末八十年代初,邹荻帆主编作协《诗刊》时,他热情地扶持过当时一些初出茅庐的新诗人,并为一些沉默多年的老诗人提供发表作品的机会,致力于共同创建一个"百花齐放"的新局面。在他年老体衰的九十年代,还为国际华文诗人的团聚活动付出过不少的心力。诗人邹荻帆对于中国新诗发展的贡献,不单存在于他透明的作品里,他那透明的人格同样也能作证。

诗人作品的价值,不需要限定在文史学家为流派分类设定的小格子里。一个诗人属于什么"流派",奉行什么"主义",很多时候与他的实际写作没有那么紧密的关系。诗人提笔写诗的时候,他是单纯的,那些后来的人为名词可能从来没有浮现在他的脑子里。今天来阅读邹荻帆这位生活在上世纪的本色诗人,同时想到的是:历史本来是由不同历史阶段的人创造书写的,对于前代诗人,应该像看待历史上的那些远行者一样客观:在时代和民族需要的时刻,只要他敢于承担与实践,真挚地唱出了他那个时代人们的心声,就值得后人感谢和尊敬。

二〇〇六年十月

(刊 56·57《银河系》)

一位受伤老兵的诗路历程
——读《鲁煤文集》诗歌卷《在前沿》

老诗人鲁煤在上世纪三十年代末走向诗神,他最早发表的诗作写于一九三九年,当时他只有十六岁。《流亡三章》、《表》、《不孝的子孙》等篇,已经显示出年轻作者的才华及他明朗、清新、简洁的诗风。不妨读一读他写于一九四二年的《流浪者之歌》:

流浪者的路上——
有风
有雨
有冰霜……

流浪者的心里——
有光
有热

有梦想……

短诗将民族灾难袭来时爱国青年的客观环境和主观精神状态明白无误地传递给读者。时代造就诗人,鲁煤一开始写诗就不是无病呻吟,而是为了呼喊抗战和争取民主。在诗路历程上,他遇到了中国新诗理论家和编辑家胡风先生,后者在诗歌稿件的取舍中点化了他。胡风主张写抒情诗不脱离诗人自己的感受,认为诗要诚恳,即使幼稚一些也没关系,一开始就要以亲切感抓住读者。鲁煤勤于思索,善于学习,他从国统区的斗争现实出发,通过个人的视角,写出不少受青年知识分子欢迎的新诗,《监狱篇》是他在胡风创办的大型文学刊物《希望》上首发的诗作。

在《给普式庚》一诗中,诗人对民族灾难表现出深深的忧患:

> 站在这南方的山巅,我多么渴望
> 吹起一曲英雄的《致西伯利亚》呵
> 在这尼古拉式的中国的黑夜里
> 像你一样,我呼唤着黎明的暴风雨!

在《池塘》中,诗人将遭受外来侵略威胁的国土上的池塘想象成"南方的山野的胃",他爱着并感激着:

> 中国的胃
> 常常消化着饥饿和腐败
> 但它流出来的乳汁

>   要把无数的生命灌溉

《种子》篇表达的是诗人追求光明的心理:

>   我要出去呵,
>   我要挣脱这冷酷的黑暗的地狱
>   到那永远是春天的地方去,

《大江颂》抒发的是战士的情怀:

>   战斗的路是曲折的
>   但战斗的路
>   通向海……

在《欢乐的歌》里,诗人以小河自喻,尽显来到解放区的欢愉及其战斗的决心:

>   我强力的奔腾如岩浆冲破地壳
>   我自由的伸展如展开翅膀
>   ……
>   我要辛勤的奔流
>   ……
>   要给大地冲出一片新的绿野

鲁煤早期的诗作主要是在《希望》杂志上发表的,《希望》的前身是《七月》杂志(胡风先生于一九三七年创办),现今的文学史家将《七月》《希望》两大杂志的作者群称为"七月派",因而鲁煤被视为"七月诗派"的后期作者。以刊物名命名的文学流派,它的生存期自然与刊物的生存期相关联,《七月》、《希望》的活跃期正是从抗战开始的三十年代末期和整个四十年代。当时许多像鲁煤一样的青年诗人,在抗日的烽火中,点燃了自己的战斗青春,以诗歌为

《鲁煤文集》一书影

武器,向民族的和阶级的敌人开战。他们创作的大量诗篇的客观存在,证明了四十年代的新诗绝不是空白,也不仅仅是今天个别学者凭一己的爱好推出的有数的几名诗人。

一九四六年鲁煤到达张家口,进入晋察冀解放区,从此他的诗歌写作进入了第二阶段。在解放区他见到了自己崇拜的名诗人艾青,在心目中,艾青一直是他写诗的先行榜样。名诗人不仅帮助鲁煤发表过诗作,多年后还记得他当时"很年轻,诗写得真诚、朴实"。

解放区热烈的政治环境深深影响了青年诗人,为了站在"解放全中国"的"最前沿",鲁煤逐渐由过去自视、自省式地观察、体验、表现生活,转变为从集团、群体、阶级和广大工农兵的视角出发而写作,他的诗歌内容经历了从"写自己"到"少写自己",再到"不写自己"的变化,他努力去歌颂工农兵,例如他写《我看见新的兵士》、《戎冠秀和钟》、《讨还

欠发的工资》等；在文风方面，他努力学习民歌，改变自己的知识分子美学情趣，竭力使文风朴实明朗、通俗易懂，除了自由体之外，他写了不少为老百姓喜闻乐见的仿民歌、街头诗与歌词，例如《剜窗花》、《说给孩子们》、《送参军》、《五月忙》等等。

一个爱国爱民的诗人有机会接触到火热的斗争生活，是不可能无动于衷、不积极投入的。而鲁煤并不是一个单纯的诗人，首先他是一名战士，他上前线、下工厂，既参战，又生产支前，他的诗歌发生的变化，既是基于时代的影响，也是时代的现实需要。

鲁煤在解放区写的诗作，并不粗俗，如描写农村周末演奏会的《静》：

> 听得灯苗儿打拍子
> 听得月亮坐在墙头
> 听得星星往人群里跳
> 听得人群像石头

短短四句，将解放区人们对农村演奏会的如醉如痴写得极其生动。

虽然今天有的诗歌评论家对解放区文艺不置一词，但客观地说，解放区文艺对新中国的解放是有积极推动作用的，那些身兼战士的作家是将自己的青春和才华献给了自己心目中的伟业。鲁煤将他的文集诗歌卷定名为《最前沿》，证明了鲁煤诗歌的第二阶段有着诗人引以为自豪、难以忘怀的红色情结。

战争环境里缺乏正常的人际沟通,脱离实际的左倾教条思想可以在合适的土壤里滋生,如果它与权力相结合,则会造成对人的误导与伤害,鲁煤就受到过这类伤害,也受到过这类误导。因为一首诗中某个用词不合有的人的口味,他就受到粗暴的批判,而这类批判的后果是使他逐渐丧失了自视、自省式地观察、体验、表现生活的能力。他"常常非常感动,但怕那是小资产阶级感情,不是无产阶级感情,就没有写"。他在一九四九年之后,曾几次想恢复在国统区写抒情诗的创作思维,但却未能成功。

虽然未继续写抒情诗,但没有妨碍鲁煤在戏剧创作方面取得成就,他创作的《红旗歌》成为解放区话剧的代表作,周扬曾经对该剧表示过支持。

评论家蒋安全说:"鲁煤是中国现代文学史上一个复杂的文学现象,胡风与周扬都与他的创作生涯有关。"关于这个复杂现象,笔者认为,这大概与鲁煤本人的个性有关,因为他不是一个自立门户、对不同学术观点异常警惕的学者,而是一个善于学习并具有兼容性的个体诗人;周扬和胡风对鲁煤的创作表现出相同的支持态度,可能表明他们在文学观点上并没有你死我活的矛盾,他们的对立情绪也许出在人格上。

《最前沿》的第三辑产生于新中国建国初期,这一时期作品数量有限,而且从思想脉络来说,与第二辑基本一致,不妨将这两辑视为一个阶段,限于篇幅,就不展开说了。

鲁煤读完高小即开始流亡,他的大哥大嫂后来去了延安,他本人在国统区积极参加过民主运动,在解放区又为解放全中国投入了全部身心,但是,无常还是降临了,一九五五年像飓风一样的"粉碎胡风反革命集团"的运动将他卷进,他被定为"胡风反革命集团"的"一般分子",被开除党籍,在四分之一的世纪里像贱民一样忍辱负重,身心遭受了巨大的摧残。他不再有诗情,在漫长的二十多年里从没有产生过写诗的念头,因为"文学创作危险"的警示,像达摩克利斯剑时时悬挂在他的头顶。

青年鲁煤

鲁煤有幸熬到二十五年后"胡风反革命集团"的错案被平反,但是,二十五年遭受的身心伤害却不是那么容易消除的,在八十年代后,鲁煤写过一首诗,题名《心有余悸》,诗曰:

> 我被困在一口枯井里
> 站在井底仰面看天:
> 我要出去
>
> 我正焦躁不安,噩梦突然惊醒
>
> 我告慰自己的心跳:
> 二十五年的冤案已经平反,真的
> 尘埃落定,不必再心有余悸……

一位受伤老兵的诗路历程

梦是无意识心灵最清楚的表达和显现,这个梦的出现对鲁煤恐怕也不会只有一次,四分之一个世纪炼狱般的生活,给诗人的心头打上百孔千疮的烙印,即便是在政治上被平反了,内心深处仍有难以抚平的伤痕和难于述说的隐忍。

鲁煤回忆说:"周恩来总理不幸逝世,惊呆了我的头脑,也惊醒了我的诗心。四人帮被擒了,我们敢于在周总理逝世周年开追悼会,我在停止写诗二十五年后,第一次写诗,痛哭周总理,而且无意间直抒胸臆,突破了'不写自己'。从此,我总算和诗又'接上了关系'。"由此观知,鲁煤多年后再提诗笔,是从"直抒胸臆"和"写自己"开始的,表面上他是恢复了在新中国成立初他极想恢复的当年在国统区写抒情诗的创作思维。

诗歌卷第四辑是改革开放新时期,可以算是他诗歌写作的第三阶段。这个时期鲁煤写的诗,超过过去几个时期写诗的总和。其原因很简单:政治枷锁粉碎了,精神桎梏消失了,枯木也就逢春了。虽然近二十多年鲁煤的主要精力是在电视剧方面,但对诗神他一直怀着深深的敬意。本着对国家、社会和人类的责任感和使命感,他在业余尽力捕捉自己的直感,努力写出内心的真诚,厚厚的诗歌卷记录了他的成就。

他的诗歌视角很广泛:对大自然中的花、叶、种子、树、河流、瀑布,他关注,对生活中的动物他同情,例如《萤火虫》一诗:"我爱你,晴朗的夏夜里/掌灯巡航的萤火虫/……现在就送你回家,去带露的草丛/我,一场浩劫的幸存者,绝不恃强害命!"读者能够感受出诗人的爱心和善良。他的笔接触到各种各样的人:少年、婴儿、孤老者、公交车上的女孩……从不同的个体身上,诗人看到了共性,在一首《社会的人》的小诗中,他说:"人,天生是社会的人/不能搞孤立主义/只应搞群体主义。"颇具理性与思辨的色彩。生活中的各类实物、各种现象,诗人都可以入诗,例如眼镜,例如看电影、做梦等等。不仅写现实,他还写童话,例如《雪人的童话》、《黄鹤楼童话》,在在体现出诗人不老的诗心。

但是八十五岁的老诗人没有迷失在红尘里,他清晰地记得自己走过来的人生之路,某些作品书写的是难忘的过去,在《朝花夕拾》组诗里,他忆起少年时代欢送抗日战士时留下的感激的泪水,他还记得自己长大为自己的学生上"中国的最后一课"的情景。重温战歌的时候,他自豪地说:"这就是我们那一代的日常生活/这就是炎黄子孙本能的选择。"(《再唱抗日的悲歌和战歌》)他坚信:"这样的人生/比一切花卉更崇高、壮丽。"(《比花更美丽》)

战争年代养成的通俗化诗风是他的基点和出发点,同时他也记得胡风的诗教:诗要诚恳,要亲切,而不刻意在语言上过于雕琢。

今天人们常常讨论诗歌是高雅好呢,还是通俗好,其实这个问题是无须争论的,因为在不同时空点有不同的读者群,如果各有各的需要,就各有各的好,完全用不着厚此薄彼。

鲁煤新时期的作品中有两篇,对研究诗人的心路历程是不应该忽视的,一篇是《劫后回眸交响诗》的组诗,另一篇是《心灵的回归》。前一篇前后历时五年,以诗的形式记录了胡风一案的梗概及某些历史细节,对涉案人的心理历程描述真实细腻,颇有史料价值。

第一乐章《失败的营救》记述了"胡风反革命集团案"案发前,尽管当事人有不同思想的交锋,仍然在政治上同归于尽的历史事实。

第二乐章《又见阿垅》,描述了胡风集团错案第一次平反时作者夜见阿垅忠魂的幻觉实感。

第三乐章《梅志在笑》记述了一九八六年一月胡风追悼会上(胡风集团错案第二次平反)胡风夫人梅志女士的精神状态。

第四乐章《我不接受》展现了因为对"集团"一词的深恶痛绝,导致诗人产生与同案人之间的隔阂,客观展示出政治错案对人际关系的深刻伤害。

第五乐章《让我们相认、相亲》,抒发了在胡风集团错案第三次平反后,同案人之间关系趋向正常的心境。

第六乐章《不是蜜蜂》通过小蜜蜂表述了诗人与诗歌导师胡风先生的再次精神沟通。

《心灵的回归》是写诗人被邀请参加庆祝抗战胜利六十周年大庆典的感受:

......
当年,审判者彻底抹杀我革命历史与功绩
划我为阶级敌人,打入天牢
平反时,同样屏除它们,对公众绝口不提
好像我是从没有参加过革命的盲人
好像把冤案平反已够恩赐,还讲什么革命史
就这样剥离了、阉割了、摒弃了
我革命人生的主根、源泉和基地

>　……
>　我重温抗日的苦斗、胜利与狂欢
>　感受参与缔造新中国的光荣与自豪
>　……
>　阳光灿烂,融解了大半生压在我心头的阴冷
>　那漂泊无依的革命历史的幽灵
>　回到我的肉体

　　从八十年代初政治平反算起,又一个二十五年过去了,大半生压在诗人心头的阴冷这才逐渐被融解。由此想到:人本是世间最宝贵的资源,人与人彼此间的伤害,真是自毁资源,自毁人类自己。如何永远避免人类自毁的悲剧,是一个社会性和全球性的议题。社会中的人际关系是否正常,应作为衡量社会进步的标志之一,只有在社会中人与人彼此不再相互伤害,并且能够理解对方的思想与感情时,世界才能步入和谐。

二○○八年二月

(刊二○○八年第九期《新国风》)

与黎辛先生不同的历史叙事

——《读后》之读后

黎辛先生的文章——《〈几多风雨,几度春秋〉读后》(下称《读后》)先后刊发于《新文学史料》二〇一〇年第四期和《粤海风》二〇一一年第一期。《几多风雨,几度春秋》(刊《新文学史料》二〇一〇年第二期)是我母亲罗惠应《新文学史料》之约写的对我父亲绿原的纪念文章。黎辛先生在《读后》一文中说他是我父亲的"朋友和同事",但我母亲读完他的《读后》,不知为什么却没能读出通常朋友对逝世友人的悲情,反而感受到几十年前"粉碎胡风反革命集团"时体验过的窒息。

黎辛先生是位有资历的老干部,曾发表过一些回忆文章,但这次的《读后》(特别是文中第二部分)却写得似是而非,让一些不了解当时历史的读者,难免疑窦丛生,一头雾水。

黎辛先生在自己文中对我母亲的纪念文字进行了挑

剔,指责她在关于一九五二年《长江日报》发表舒芜的《从头学习〈在延安文艺座谈会上的讲话〉》稿件问题上,"说了些不符合事实的话"。但是我母亲并不认可黎辛先生的这一说法,虽然与黎辛先生相比,她只是一名普通的中国百姓。由于老母亲还没有从丧亲的悲痛中走出,作为子女,特别是记事的子女,我有义务代我的父母讲述他们的实际历史情况。这里,我想就黎辛先生的《读后》也写几句读后语,对当年在《长江日报》社内接收舒芜稿件的有关情况作一点简单分析,这个问题似乎也是黎辛先生《读后》的重心。

一、罗惠没有"压"舒芜的《从头学习》

黎辛先生曾任《长江日报》社的副总编辑,他在《读后》一文中,以当年领导的身份断言罗惠压了舒芜的稿件,又强说该稿"就是李曙光与罗惠"交给他的。可惜这些说法比较武断,有不少臆想成分。这些说法好像也不是第一次,在二〇〇一年黎辛先生的另一篇文章(《关于"胡风反革命集团"案件》,《新文学史料》二〇〇一年第二期)中就有过类似的话语。

黎辛先生在《读后》中称罗惠是报社文艺组的"另一位编辑",说"绿原(参加三反运动——本文作者注)之后,《文艺》专刊就由李曙光与罗惠编辑的,发表他俩同意发表的稿件,李划版式,送我审阅。"还说"他俩偶尔缺勤,平时都坐班的"。言外之意是罗惠当时是有权发稿的编辑,并一直坐班,但她却压着舒芜的稿件不发。也许是时间太久远了,黎辛先生的记忆已经模糊了,因为他的前一说法完全不合事实,而关于坐班的后一说法也不符合当时特定时期的事实。

一九五二年春，我母亲参加工作仅两年，在编辑部里只是编务人员，按今天的职称等级不过是一名助理编辑，平日只负责稿件的登记、对不用的稿件帮编辑写退稿信、为已刊登稿件的作者寄稿费和剪报，还做各项杂务工作，她从没有和同组编辑李曙光共同发过稿。编务人员是不负责发稿的，从事报刊编辑工作的业内人士想必都了解这一行业规则，作为地方党报副总编辑的黎辛先生也不会不知道。没有发稿权的编务罗惠，根本不可能和编辑李曙光一起将舒芜的稿件交给副总编黎辛。黎辛先生在文中说，他告诉罗惠"登记以后（注：指舒芜稿件）你和李曙光看看交给我"，这是根本没有的事情。由于职位所限，搞登记做杂务工作的编务与做终审的副总编没有直接的工作关系。黎辛文中所说不仅有违行业规则和当时的实情，显然还将"编务"的概念在不知不觉中更换成了"编辑"。

再说坐班问题。虽然平时李曙光与我母亲都"坐班"，但在"三反五反"运动期间人们却不是正常坐班。连我母亲这个非党员，都被组织上安排和同事于盈芝一起数次去调查运动嫌疑对象的家庭、经济情况，有时就不能坐班。而同组编辑李曙光是来自老区的党员干部，就更不可能整天坐在办公室里，不投入火热的斗争了。他很多时间并不在办公室，仅有时回来。而我父亲脱产参加"三反"前，和李曙光曾预编了数期稿，所以文艺组在"三反五反"运动开始后，相当一段时间没有像常规坐班时那样发稿。我母亲开始还如往常一样登记稿件，但没有下工序的接收，造成稿件积压，因此一段时间后曾暂停登记。

舒芜的稿件《从头学习〈在延安文艺座谈会上的讲话〉》

（下称《从头学习》）就是在这个时候来的。文艺组内两个发稿人，一个全脱产去搞"三反"，另一个经常要跑第一线，都不坐在办公室里，许多稿件因没有决定用不用、谁负责，编务也无所适从，一时半会堆起来未登记在当时也说不上"不正常"。舒芜稿件来后既没有被锁起来，又没有被退回去，而是与其他稿件一起放在办公室公开的地方，等候处理，如果这叫"被压"，当时文艺组"被压"的来稿不是只有一篇，而造成这许多稿件"被压"的责任也不应由编务罗惠来承担。

但黎辛先生好像说的不是这个意思，他想说的是"罗惠故意压稿"，以便与什么人再联系起来。可惜在舒芜的《从头学习》发表前，没有人认识他这篇文章的历史影响，普通人也不会先验地对他特别关注。罗惠当时只是个工龄尚短的基层编务，又是领导眼中政治水平低的非党员，根本不懂文艺理论，更没有读过舒芜解放前写的《论主观》，她绝对想不到舒芜的来稿与她和绿原会有什么关系，所以不会格外关心舒芜的稿件，更不会去有意"压"它。"压稿"之说是疑人偷斧的臆说。不要说一个编务，就是一个有高理论水平的编辑，也是不能"压稿"的，因为舒芜要写，报社要登，普通编辑是没有否决权的，真有人故意去压，不是很可笑吗？

上世纪八十年代就曾听我母亲说过：舒芜的《从头学习》一稿她记得很清楚，是同事李曙光从外边进到办公室询问是否舒芜有篇稿，然后让她登记后拿走的。李曙光当时没有坐下来审读，之前也不曾过问过该稿，他本人对当年发稿的具体情形好像已经没有印象（参见《文坛风云录》，河南人民出版社一九九八年十二月版，第二十三页），推测他当时不过是临时执行取稿公务，找到了，上交了，任务了了，时间一久，自然记不起了。倒是黎辛先生还记得：稿签上没有编辑的初审意见，这证明编辑没有初审过这篇稿，自然也不会有组长的二审意见，因为组长脱产了不在岗。因此，实际上舒芜一文只有副总编的终审，虽然不合编辑工作常规，但副总编有签发这篇文章的权力。权力与同在的责任使黎辛先生完全不需要拿自己当年的下级——李曙光和罗惠说事。不仅罗惠没有"压"过舒芜的文章，就是她的同事李曙光，虽然工作上要接受领导的安排，作为一名老党员，也没有无端指责非党群众的个人需要。黎辛先生说"李知道罗惠压着舒芜的文章不登记，告诉我"，既给罗惠扣上一顶"压稿"的帽子，又将无中生有的责任推给了李曙光。但这说法是经不起推敲的：李曙光与组内同事一贯相处很好，如果舒芜《从头学习》来稿那会儿，李曙光与罗惠真还在对面坐班，他当时就会知晓，如果他对该稿感兴趣，把舒稿直接拿去审查是完全可行的，并不需要绕弯子跑到领导面前告非党员同事的状，他本来也不是是非之人。如果那时因时间、精力的关系，他还未曾研究《论主观》一类的理论问题，他也不会专门惦记舒芜是否写检讨了，除非领导上有过特别交代。从心理分析说，李曙光没有告状的动机，他在被问到有关情况时，向头儿说舒芜的文章还没登记是可能的，但不会将矛头指向非斗争对象的同事，"压稿"之说，更可能是听话人的错觉和引申。人的注意指向性本身就存在个体差异，何况是黎辛先生这位《长江日报》社唯一过问"胡风思想"的领导。（《关于"胡风反革命集团"案件》，《新文学史料》二〇〇一年第二期，第一〇三页）

二、《从头学习》发表前胡风不知道，
他没有写信给绿原"建议不发"

黎辛先生在《读后》中还说："罗惠为什么这么做，又那么说呢？无他，是胡风有信给绿原，建议不发舒芜的稿子。"看到这句话时，我母亲和我都极其惊讶：身在二十一世纪的黎辛先生，说话竟如此主观唯心，如此的想当然！说此话有什么事实根据？没根据怎么信口乱说，还向逝者身上泼污水？

说罗惠压稿本就没道理，株连到绿原和胡风则更荒唐。

从内因来说，绿原在这个时候还没有产生危机感。尽管他与舒芜在一九五〇与一九五一年见过两面，不算是亲密的朋友，但一九五二年春彼此也没有交恶。舒芜解放前写《论主观》一事与绿原不相干，因为他不认识舒芜，对纯理论文章也没多大兴趣，他关心的只是诗歌。解放后，舒芜要对《论主观》做检讨，应该说与绿原关系也不大，因为"个人改造得个人搞，个人因缘需个人了"。舒芜写《从头学习〈在延安文艺座谈会上的讲话〉》，绿原事前并不知道。一九五二年春天他正在"三反"第一线，整日查账，不仅要外调，还要参加斗争会，有时要搞到半夜或凌晨，很难有精力去关心已脱产的文艺组那摊工作。他既不知道舒芜的"突进"，也不可能预先感受舒芜文章发表后的非凡政治效果，他毫无戒备心理，更不会想到去告知胡风。一九五二年那会儿社会通讯水平还相当落后，没有手机、没有电脑，甚至没有私人电话，写封信联系还要十来天呢。何况问题还不完全在方便与否，首先在需不需要。绿原没有在编辑岗位上接手

舒芜的文章,也不知道这文章的厉害,自然没有通知胡风的必要。如果绿原事先就知晓舒芜的"检讨"会咬人,恐怕也很难在"三反五反"斗争实践中安心锻炼改造了。

从外因来看,舒芜的寄稿时间并没有给胡风提供"向绿原建议"的时间可能。黎辛先生在《读后》中说,舒文"约在1952年4月"寄来。这个寄稿时间的描述恐怕与实际情况有出入。

因为舒芜的口述自传说,一九五二年上半年他参加了土改和"五反"两个运动。他说:"土改回来,差不多快到四月份了。接下来就是五月,该纪念毛泽东的《讲话》发表十周年。这样,我就下决心了,那篇没发出来的长文章先不写,先写一篇简单的文章……于是,一九五二年的五月中旬,我写了另一篇检讨文章:《从头学习〈在延安文艺座谈会上的讲话〉》。……《从头学习〈在延安文艺座谈会上的讲话〉》写好后,我还是寄到《长江日报》。(本文注:寄《长江日报》是舒芜自己的说法,不是罗惠编的,妥不妥当黎辛先生都不应该指责罗惠。)当时绿原出差去了。"(《舒芜口述自传》,中国社会科学出版社二〇〇二年,第二二九—二三〇页)这里十分清楚:舒芜《从头学习》这篇文章是五月中旬写出的。五月完稿,五月刊发,无论在过去还是现在,都是快捷的,不知道黎辛先生为什么还总喜欢说它"被压"。就假定舒芜于五月中旬第一天就邮寄该文,从他居住的南宁寄到位于武汉的《长江日报》社,至少也是十五六号了,距五月二十五日见报最多只有十天。历史材料可以证明:这十天胡风根本没有给绿原写过信,当然更不可能隔空建议"不发舒芜的稿子"了,因为他和林默涵一样,也没有特异功能。

倒是可以判定：胡风是在舒芜文章见报后才看见的，因为才看见，所以才会感叹：原来把舒芜"当作书生"，现在看来，倒是自己是书生了。如果胡风预先就知道舒芜其文，肯定不会感觉意外了。

退一步讲，就按黎辛先生"4月"收舒文的说法，我花时间查阅了胡风在当年四月至舒文见报前写给绿原的信件，也未见到任何信上提及他知道舒芜有什么文章待发。

所以可以肯定："胡风让绿原不发舒芜的《从头学习》"一说，纯属子虚乌有和无稽之谈，它反映出的只是一种陈旧的思维定式和想当然的思想方法。

有没有人压舒芜《从头学习》一稿的所谓"问题"，在历史现场的当时就没有实际意义，因为那篇要文是如期发表的，没有耽误它及时"检举小集团"的作用；近六十年后的今天，黎辛先生不仅依然断言什么人"压了稿"，而且还将胡风和绿原编加进去，把没有的事臆说得像真的一样，这个中原因不能不令人深思。一九五五年，主观唯心的思想方法，在"胡风集团"冤案的铸造中就起过恶劣的作用，它的流毒是不是至今还未散净？

黎辛先生说"舒芜的文章，我认为是重要的"，这"认为"不知是指的过去，还是指的现在？如指过去，自然表明黎辛先生的思想与时俱进了；若指现在，这里请教黎辛先生：舒芜的《从头学习》一文既然是对他自己写的《论主观》进行检讨，那他文中为什么会"揭发""还有几个人"呢？这几个人和他一起写过《论主观》吗？如果没有，他为什么要拉这许多人垫背？这些垫背的人们有谁后来逃过"反革命集团"的厄运？当年您签发他这篇文章时，可曾考虑过这些人的政治生命和物质生命？您真的赞同"拉人下水"这种做法吗？

三、曾卓有被视为"胡风分子"的经历

黎辛先生在他的《读后》文中顺便也提到我父亲的老朋友曾卓，特别说明他"没被划过所谓'胡风分子'"，但这说法却让人困惑不解。确实，曾卓既没有在胡风主编的杂志上发表过作品，与胡风也不太熟，但在一九五五年六月十日《人民日报》发表的《关于胡风反革命集团的第三批材料》的按语中，在全党全国面前，他难道未被定性为"胡风骨干分子"？在武汉地区"反胡风集团"的斗争中，他没被当作所谓头号"胡风分子"吗？莫非"没被划过所谓'胡风分子'"是指一九七九年在"胡风集团案"平反前一年，曾卓和另三位涉案人个别提前获得平反，恢复了党籍？限于当时"胡风集团案"尚未平反的历史条件，个别平反时大概只能称他们不是"胡风分子"，以便与没有平反的"分子"分割开，但这不等于他们没有二十四年的"胡风分子"待遇吧？如果没有事实上被视为"分子"的经历，怎么会丧失党籍，又何必平反呢？

顺便我还想更正几点简单的但被黎辛先生在《读后》中说错的事情。例如在《读后》开头，黎辛先生说："绿原因胡风问题被捕以后，我还常去看望罗惠与两个孩子。"这里我猜想黎辛先生是把他后来某个时期的心理活动误当成事实了，这类错觉在现实生活中也是可见的。在一九五五年那个严酷的氛围中，熟人与旧交对出事家庭避之唯恐不及的时候，如果黎辛先生真来过我家探望，哪怕只有一次，我们都会保留温暖的记忆，可惜这记忆在我母亲和我的脑海中从来就没有。黎辛先生当时只要推开我家门，看见的必然

是四个小孩子,而不是他文中说的"两个","两个"的不实说法只证明他与我家的疏离程度(我父母调北京前在《长江日报》社就有四个子女,作为朋友的他居然不知道),这种疏远也导致以后的继续误解。在我父母几个孩子中我行一,比弟妹们相对年长、皮实,虽然身体不算结实,却未患过严重疾病,没被医生扣过"身体不好"的帽子,自然也不需要黎辛先生说的所谓"身体好转"。黎辛先生还说他去《××日报》附近我家时我"一言不发",看来黎辛先生再次把不认识他的别人误认为我了,实际上长年在单位坐班的我,一次也没在《××日报》附近的家中见过他,假使偶然见到也不会"一言不发",熟悉我家的朋友想必明白黎辛先生又一次搞错了。

近年在报刊书籍发表的高龄者文字中,曾不止一次读到失实的记忆,虽然老先生笔耕不辍的精神值得钦佩,但如涉及到史实,我以为还是澄清一下为好。

二〇一一年二月
(刊二〇一一年第二期《粤海风》)

鲁煤先生访谈
——关于舒芜检讨《论主观》等文章的初稿

时间:二〇一三年三月二十日
地点:北京
采访人:刘若琴(简称刘)
被访人:鲁煤先生(简称鲁)

刘:您在一九五一年冬去南宁土改时见到了舒芜,读过他最初写的对《论主观》等理论文章的检讨稿,可否请您回忆讲述一下当时的有关情况?

鲁:可以。

刘:您是怎么认识舒芜的?

鲁:新中国成立后,一九五〇年十月,我在北京工作。当时胡风先生也在北京,住在煤渣胡同人民日报社的宿舍。我两次去看望他,都遇见了路翎和从外地来京的舒芜。胡风开玩笑说:"鲁煤拿了《红旗歌》的稿费,应该请客!"于是我就在一家川菜馆请胡风、路翎、舒芜共进了午餐,这就是我和舒芜的初识。因为舒芜不是作家,和我没有共同话题,又是初识,所以我们很少交谈,我连他在什么地方工作都未过问。

一九五一年十二月下旬,我参加全国政协土改团,到达广西南宁。当天在街上一家小书店里,从一本文化杂志上知道了舒芜就在南宁,任南宁中学校长等职。北京的一饭之交,让我知道他和胡风、路翎在解放前就是老友,于是决定去看望他。我从北京出发前,知道周恩来总理接见了胡风,和他进行了长谈,对他有批评也有鼓励,包括鼓励他申请入党。这使我感到周总理和中央领导对胡风是关怀和信任的,为此我很高兴;而且,胡风让我去广西途经武汉时,去找在长江日报社工作的绿原,把这消息告诉他。所以这时我就非常愿意去找舒芜,把同一消息也告诉他,让他也高兴高兴。于是当晚我就抓紧时间找舒芜去了。

刘:你们见面后是怎么谈起思想改造和检讨的话题的?

鲁:见面后,先是寒暄几句,然后我就高兴地向舒芜介绍了周总理接见胡风这桩喜事。但意外地,舒芜完全不接应我这个话题,而是直接告诉我他写了一篇检讨文章,并随手拿出来让我提意见。他向我说明:经过解放后在工作中学习,他认识到胡风和他们一批朋友(包括舒芜本人)在国统区从事的文化活动全错了。

刘:您对他那篇检讨文章还有什么印象吗?

鲁:那篇检讨文稿是打印的,当然不是现在的电脑打印,而是当时机关里专职工作人员操作的那种老式打字机打印的。文章很厚,大约一万多字吧,是长篇大论。

刘:文章的题目您还记得吗?

鲁:我当时根本没有注意题目,所以几天后当我给徐放、胡风等人写信谈及此事时,都只称作"舒芜的检讨",没有写出检讨的题目。

刘:据舒芜口述自传说,南宁这篇检讨的题目是《向错误告别》。

鲁:我当时没注意,不知道那题目。

刘:请问他这篇文章是一篇定稿吗?

鲁:只能算是初稿,他不是在征求我的意见么?

刘:舒芜是否提到他准备在什么地方发表这篇文章?

鲁:他一直没有提到发表问题,文章还不算最后定稿。

刘:您是否仔细阅读了他这篇《向错误告别》?

鲁:我没有读完它。当时的实际情况是:舒芜把文稿交我阅读、提意见,同时又急不可待地向我大讲他们过去全错了,完全否定了胡风等一批文化人的进步作用。这使我感到震惊,不由得与他辩论起。但当时天色已晚,没时间多谈,我急于返回土改团驻地,因此,只能带上他的文稿回去读了。但回土改团后更没有时间:白天安排得满满的,听广西省领导做土改工作报告,进行小组学习讨论;晚上团内也有团务活动。我们团住在一个学校的教室里,睡在用课桌拼成的大通铺上,集体熄灯作息。所以我只能抓熄灯前的短少时间来看舒芜的文稿;而且我向来不喜欢读概念抽象的理论文章,也看不太懂。就这样,我大概读了一半,两天后的晚上就送还他了。这第二次去他家时,我带去了团内几个人多余的棉衣,暂存他家,以便轻装下乡土改。当然见面后,我们又接着上次的话题继续争论。

刘:你们主要是谈舒芜那篇检讨文章吗?

鲁:我没谈那篇文章,原因是我没有完全地阅读它,也不懂那些抽象的理论概念,没兴趣谈它。我急于和舒芜辩论他完全否定他和胡风那些人在解放前国统区的进步活动问题。我强调说:作为一名来自解放区的党员,我真诚地欢迎他努力求进步、改造旧思想;但我反对他全盘否定的偏激思想。例如他甚至说,阿垅在解放前写的很多诗论文章现在编成三大卷《诗与现实》由某出版社出版了,这是不应该的;他对绿原的诗也全盘否定,说那些诗表现的是小资产阶级看不见前途的"猩红惨绿"的感情,不健康。而实际上,绿原反蒋争民主的政治抒情诗,是很受国统区进步青年欢迎的。

刘:舒芜当时是如何评价胡风本人的呢?

鲁:争辩中,对舒芜全盘否定一批文化人,我反问他:"你认为胡风先生也没有起过进步作用吗?"他才说:"胡先生的无产阶级思想当然要比我们多得多。但是像方然和我这些人,都是小资产阶级站在胡先生的大旗下,充作无产阶级活动的。"

刘：您在这次争论后给徐放、阎有太的信中提到舒芜"他对过去他的《论主观》等所有理论文章都否定了……他说他过去那样强调发挥主观作用，并且主张在重庆的环境下，不走向群众只发挥主观作用就是真的战斗等，那是美化了小资产阶级不走向工农兵、不去进行思想改造等反党、反领导的思想；他认为那是阶级立场问题，是小资产自己安慰自己"。而"反党、反领导"与"阶级立场问题"，在当时也是上纲很高的提法，舒芜确实这样高调吗？

鲁："反党、反领导"的提法是当时舒芜自己说的，我才引用到给徐放等人的信里。我问他做检讨为什么不和胡风先生商量，他马上回答我说："写信谈不清楚，反而容易引起误会。"说得斩钉截铁、毫不犹豫。我当时幼稚、头脑简单，相信了这种说法。

刘：您说当时"相信了这种说法"，是不是后来您改变了当时的看法？

鲁：我当时是从善意的角度来理解舒芜的，认为他只是思想偏激，所以给徐放他们写信后，过了几天，我又给胡风先生写了信，再次肯定舒芜重新评价过去的行动有积极的一面。但历史是不按人的善良愿望发展的，舒芜后来一而再、再而三地"检讨"与"揭发"，三年后终于发生了"胡风反革命集团"案件，历史证明我当时对舒芜的人品是不了解的。

刘：舒芜在他的《回归五四·后序》中说他和您当时"谈甚久"，你们实际谈了多久呢？

鲁：我第一次去舒芜家时间较短，那天天晚了，我急于回土改团驻地；第二次给他送回文稿去，与他开展辩论，时间长一些，可能有一个来小时。

刘：这两次见面之后，你们还见过面吗？

鲁：从此一别三十年未见面，也无任何联系！——这里有一个细节需要说一下：我第二次去舒芜家送文稿时，同时带去了我和土改团几个同志多余的冬衣存放他家，以便轻装下乡。经过四个多月完成土改后，我们团要回京前，我第三次去他家取这些衣物，舒芜自己也已下乡搞土改，不在家了，衣物是由他的家人交还给我的，当然未见面。这之后，直到一九五五年发生"胡风反革命集团"案件，我和舒芜没再见过面。我被打成"胡风反革命分子"，之后二十五年更未见面。再见面已是"文革"结束、冤案平反后的八十年代了。

刘：一九五二年五月二十五日舒芜在《长江日报》上发表了《从头学习〈在延安文艺座谈会上的讲话〉》一文，随后六月八日《人民日报》转载，请问您是如何读到此文的？

鲁：我是一九五二年从广西回北京后，从《人民日报》上读到的，此前它曾在《长江日报》发表这一情节，我全然不知。

刘：您当时是否认为这篇《从头学习〈在延安文艺座谈会上的讲话〉》就是您在南宁看到的那篇舒芜检讨？

鲁：看报初始我本能地有一个错觉，以为《从头学习〈在延安文艺座谈会上的讲话〉》就是我在南宁未读完的那篇长文的定稿：因为二者本质一致，都是"舒芜的检讨"。特别是，我不记得南宁那篇的题名，这时读报就自然地以为南宁那篇本来就是《从头学习〈在延安文艺座谈会上的讲话〉》这个题目。进一步阅读，我感觉这两篇文章，就其内容来说，虽然都是舒芜的"检讨文章"，有内在的联系，但就篇幅来说，在南宁看的那一篇长约万字，而见报的这一篇，仅四五千字，显然这是长短差距很大的两篇。

刘：但现在有人著文说（见《粤海风》二〇一三年一期《"罗惠压稿说"之相关史料发微》）："鲁煤回忆，《向错误告别》就是《从头学习〈在延安文艺座谈会上的讲话〉》的'初稿'"，您过去是否说过这类话？认为这两篇文章就是同一篇文章？

鲁：我现在年纪大了，不记得在什么时间、什么场合这样地谈到过这两篇文章，请具体提示一下好吗？我好像从来没有这么直截了当地说过和写过。

刘：您请看《新文学史料》二〇〇五年第一期，在您的《我和胡风：恩怨实录》里有这样的文字："一九五一年底我曾参加全国政协土改团去广西搞土改，路经南宁市时，曾见到舒芜，他给我看了他正撰写的《从头学习毛主席〈在延安文艺座谈会上的讲话〉》初稿。"

鲁：（看《新文学史料》后）这里的"初稿"一词，我是指在南宁看到的舒芜的长篇检讨的"初稿"，不是指见报的《从头学习》这篇的"初稿"。南宁那篇当时还在征求意见阶段，并没有最后定稿，所以称为"初稿"。因为在南宁时我未记住舒芜长篇检讨初稿名为《向错误告别》，多年后我写《我和胡风:恩怨实录》时,把后来见报的题目误记为南宁那篇的题目,就顺手写出来了,当然是写错了。我只见过南宁一篇,就只能谈这一篇,说它是"初稿",也因为我后来与舒芜没见过面,不知道最后定稿的情况。

刘:南宁的那个长篇检讨舒芜后来还是定稿了,一九五二年下半年在北京由周扬主持召开了"胡风文艺思想讨论会",舒芜参加了这次会议,并提供了会议文章,提供的正是您在南宁看见的那一篇。

鲁:这个情况你是怎么知道的?

刘:这是舒芜在他的口述自传第二三七页里自己说的。

鲁:他是说他的会议文章就是给我看的那一篇?

刘:正是。您请看书!

鲁:(阅舒芜口述自传:"回过来说一九五二年座谈会。那个座谈会实际上就是帮助胡风写检讨文章。会上印发了三个材料:一篇是胡风的《一段时间,几点回忆》;一篇是我曾经给鲁煤看过的《向错误告别》;还有一篇是路翎的《答我的批评者们》。三篇文章都打印出来,发到大家手上。")

这个细节很重要。它证明我在南宁所见到的舒芜检讨与《从头学习〈在延安文艺座谈会上的讲话〉》是两篇各自独立的文章。

刘:有作者在《粤海风》上对您的"初稿"一词进行推敲(指《"罗惠压稿说"之相关史料发微》一文),借您的话指《向错误告别》与《从头学习〈在延安文艺座谈会上的讲话〉》就是同一篇稿,还说绿原和胡风都已获知舒芜为《论主观》写了一篇"待发"检讨,暗示绿原的妻子罗惠(时任《长江日报》文艺组编务)压了舒芜的这份检讨。

鲁:还有这种事情?！那么现在事实可以澄清了。我现在郑重声明:修正《我和胡风:恩怨实录》里造成误判的那个文字错误,也请以我的错误为基础的错误推断,不必保留了,因为那只能是"错中错"了。而且,我很乐于向因我的文字疏忽而遭遇误解的朋友衷心致歉,并祝大家健康、快乐!

访谈后记:

鲁煤先生是"胡风反革命集团案"的受害人之一,因为热爱新诗、发表诗作,上世纪四十年代后期认识了文学评论家胡风。一九五一年底鲁煤与舒芜见过面,读过舒芜当时写的对《论主观》等文检讨的部分初稿。因不同意舒芜对过去全盘否定的观点,二人开展了辩论,之后鲁煤写信告知胡风等人。自由辩论与正常的信息沟通,一九五五年成了鲁煤"阻止舒芜检讨的罪行",后他被定为"胡风分子"(即反革命分子),被开除党籍,度过漫长的非人岁月,至一九八〇年才获平反。

《粤海风》二〇一三年第一期《"罗惠压稿说"之相关史料发微》一文,提到的一处发微史料与鲁煤先生有关,该文曰:"鲁煤回忆,《向错误告别》就是《从头学习〈在延安文艺座谈会上的讲话〉》的初稿。"而事实上这两篇稿是否真是同一篇稿,是需要辨析的,因为史料中的文字错综复杂,甚至真假混淆,为了核实一件事,就不得不做多方的对照。

舒芜的口述自传第二二五页叙述:"我分三次才把文章写出来。……文章大约写了一万字,题目好像是《向错误告别》之类。但这篇文章写得很不成功,后来也一直没有发表。"在第二二九页,舒芜又说:"……该纪念毛泽东的《讲话》发表十周年。这样,我就下决心了,那篇没发出来的长文先不写,先写一篇简单的文章……于是,一九五二年的五月中旬,我就写出了另一篇检讨文章:《从头学习〈在延安文艺座谈会上的讲话〉》。"

"长文先不写"与"另一篇检讨文章"这两处作者本人提供的细节,已经证明《向错误告别》与《从头学习》是两篇独立的文章。在舒芜本人提供了"验明正身"的材料这一前提下,如能与鲁煤先生再当面交谈交谈,对搞清历史事实真相,自然是有益的。

通过对鲁煤先生访谈,访谈者搞清了以下细节:

鲁煤先生一九五一年十二月在舒芜家中见到舒芜对《论主观》的检讨稿时,没有注意(自然也不会记住)该检讨的题目。

鲁煤先生在一九五一年十二月之后与舒芜没见过面也没联系过,他不知道舒芜当时那篇《论主观》检讨后来定稿没有,当《人民日报》转载舒芜的《从头学习〈在延安文艺座谈会上的讲话〉》时,他开始以为就是南宁见到的检讨稿,后发现有所不同。

几十年后鲁煤先生撰写回忆录时,误将一九五二年五月《长江日报》发表、六月《人民日报》转载的《从头学习〈在延安文艺座谈会上的讲话〉》的题名,当作一九五一年底自己在南宁所见到的那篇《向错误告别》的题名。

鲁煤先生在南宁时,舒芜对他谈的主要是思想认识,未涉及文章发表问题,自然鲁煤也不可能向其他人(包括胡风)提供"舒芜检讨待发"的信息。

对鲁煤先生的访谈与舒芜本人提供的细节一致证明:《向错误告别》与《从头学习〈在延安文艺座谈会上的讲话〉》是两篇独立的检讨文章,前稿不是后稿的初稿,后稿也不是前稿的定稿。

实际上,《向错误告别》一文舒芜并没有自投给某家报社,而是把它送交了一九五二年下半年中宣部在北京召开的"胡风文艺思想讨论会"。但是,该文后来却没有被手握发稿大权的林默涵安排发表。

应该说,鲁煤先生在南宁所见到的舒芜检讨《论主观》长文,是被林默涵压下了,它与长江日报社的编务人员罗惠无丝毫关系。

至于《从头学习〈在延安文艺座谈会上的讲话〉》这一篇,它是舒芜一九五二年五月中旬写就的,下旬就见报了,胡风根本无缘得知它的相关信息。所谓胡风指使该稿"被压"的说法,不仅在时间上不合逻辑、站不住脚,而且还透露出该稿被社级人士组约的痕迹。

简言之,研究历史还是需要用史实和逻辑作校正的,单靠局部的文本文字进行推敲,如碰上不靠谱的"原始材料",就容易步入误区。

二〇一三年四月

(刊二〇一三年第四期《粤海风》,收入本书时题目有改动。——作者)

面对历史创伤的选择
——读《流放七月》

夏日收到一本新书,烟雨朦胧的封面印有《流放七月》几个墨笔字。扉页写着端正的钢笔字:若琴阿姨指正　冬筱2013.7.5。翻书阅读,方知作者冬筱就是父亲绿原的老友——冀汸老伯的孙儿。冀汸老伯上世纪三十年代开始写作,五十年代经历了"胡风集团案",被世人视为"七月诗人"兼小说家,冬筱的《流放七月》,内容显然与爷爷一代人有关。

《流放七月》书影

这是一部新生代小说,我细读了两遍。主人公是二十岁出头的青年人莱易,他的爷爷里欧是新文学史中的一位"七月诗人"(一本诞生在炮与火年代的《七月》杂志的作者),一九五五年遭遇了"胡风集团"案件(小说中易名为"荒谷案"),而且被定为案件的"骨干分子"。二十五年后冤案平反,但爷爷的家庭已然破碎,伤痕累累的奶奶无法回到冤案前的生活中。莱易的父亲塞谬与父亲里欧也缺少共同语言,他在梦魇中长大,无法面对历史遗留的种种悲剧,便将失母仅四岁的莱易扔给了老父自己远遁异国。莱易与爷爷相依为命,长大成人。爷爷一直活在自己的理想和诗歌中,莱易在承受家庭沉重历史的同时,也提笔书写着自己一代的人生小说。偶然地他结识了来自上海的民谣歌手文森。小他一岁的文森来杭州是想寻找失踪女友幼年的钢琴老师,潜意识中他希望逃避酗酒的母亲和纠缠自己的宿命,他也是在单亲家庭中长大的。好不容易他找到了那位钢琴老师,又感动了老人答应教授钢琴。他的老师——遁世多年的佩蒙是另一位"七月诗人",曾是莱易爷爷里欧青年时代的挚友,在一九五五年的"荒谷案"中,因轻信被人利用,对友人造成了伤害,而他怀孕的妻子则在那场政治风暴中丧命,从此他精神沉沦。经过漫长的劳改生涯,平反后佩蒙回到了祖屋,却只活在哀痛和内疚中,一直与世隔绝。文森的出现使佩蒙逐渐披露出自己的人生经历。

两个年轻人在历史追溯中,弄清了"七月诗派"和"一九五五年",在两位高龄老人走向生命终点之前,帮助他们进行了沟通。佩蒙获得了多年渴望的朋友谅解后,死于车祸;里欧则在写下最末一行诗后,永远闭上了眼睛。

文森不知道他就是佩蒙老人的亲外孙,他那个酗酒的母亲正是佩蒙早逝妻子生下后被人领养的女婴,她在历史阴影中长大,生活的艰难与内心的伤痛使她成为酒徒。文森遭遇的种种家庭压抑,是历史冤案伤及三代人的一个缩影。文森暂且安身的酒吧的女老板,与前男友恢复了旧情,准备弃文森而去,她偷偷复印了文森拿来阅读的莱易的小说手稿,准备改写后用自己的名字通过关系出版。一无所有的文森无法面对唯一的朋友莱易,他选择了自杀,像海子一样,踏上了铁轨迎接那疾驰而来的火车。

莱易失去了爷爷,失去了好友文森,之前还失去了心目中像公主一样的女友;为了对抗个人的命运,抚平历史的创伤,他背起文森的琴箱,怀揣爷爷和友人的照片,戴上自杀女友的手链,沿着童年痴迷的铁轨,走向心灵流放的远方。

捧着这本书,我在想它是怎么写出来的。这是一部小说,不是纪实文学,却有着一个真实的历史背景,也有若干真实的历史细节。在书中,我读到化了名的胡风、阿垅、梅志、路翎,以及方然、绿原、何满子……,甚至还有舒芜。

年轻的作者出生在"胡风集团案"平反的十年之后,显然他对这桩历史案件进行过基本的了解。那些真实的局部的历史细节,有的出自其他同案人的家庭,有的则来自作者自己家庭的历史。在里欧和佩蒙的身上,分别透出作者的爷爷——冀汸老人的影子:一个倔强的老诗人,蹲过监狱,进过劳改农场,平反后一直握着手中的笔,近些年一直以医院为家。

从小说的叙事策略及自如的文笔看,冬筱不仅受到家庭文化传统的哺育,而且自己也极其努力。只是有了素材,再靠文字能力是不是就能写出发人深省的小说呢?特别是涉及沉重历史材料的小说，恐怕又没那么简单。人毕竟不是一根芦苇，而是有血有肉有思想的。作者与书中的主人公是同代人，也同为冤案家庭的第三代，这对于他把握小说人物的思想感情肯定是有益的。没有思想的作品，难于拨动人的心弦。莱易的一些思想恐怕原本就属于作者冬筱，而冬筱的思想，应该是经过相当时间的独立思考而后形成的，这思考也许始自青年时代，也许始于少年时期。

小说中两个"八〇后"的青年，在一桩政治案件发生五十年后，在他们的社会生存与感情生活中，仍不断遭受着历史性的困扰。正像莱易所说："地震过后，留下的不仅仅是楼房倒塌那种地表的裂痕，更是人心的伤痛。"这类伤痛能够穿越时间和空间，以一些寻常的形式长久地存在。作者在这里通过书中人物提出了一个问题：对于被政治运动（或政治错案）直接或间接伤害了的人们，应该如何治愈"精神奴役的创伤"？

早期受伤的第一代，冤案的直接受害者，其内心的真实伤痛不会简单地呈现于文字，像"胡风集团案"中瘐死狱中的阿垅根本就没有这个机会，精神遭受摧残的路翎也基本丧失了叙述伤痛的能力，而另外的幸存者有的在经过地狱烈焰焚烧后，也许更愿意像老僧一样入定，讲述以往的伤痛对个人又有多大意思？被流行传播的水面上的"浮冰"，比重远小于水面下的；而且无法挽救的是：这代人大部分已携带创伤走入了历史。

受伤的第二代在现实中，像文森母亲那样酗酒的也许是少数个例，但受到命运伤害一直隐没在阴影中的人（如"黑几类"子女），客观却不在少数，他们带着那久不愈合的伤口,艰于摆脱宿命。在物欲横流的红尘中,有多少人的视线能善意地投射到他人的内心?莱易的父亲塞谬不想面对家庭的历史,选择了远离。这种选择可以被理解,谁又该永远背负前人的历史和创伤呢?只是回避最终未必能逃出历史画定的半径。

年轻的第三代该如何办?伤害本身是能够转移的,苦难留下的后遗症不会自行消失。

爷爷对莱易说:"我一直在写文章,希望通过回忆和反思,让人们认识历史的真相,……你应该做的,是在地震过后的废墟上建造自己的新家。无论你的父亲是否回来,你都必须面对生活。几十年后,当你回过头,你会发现,关键还是取决于你自己的选择,和你的父亲无关。"

如何去面对和选择,如何在地震过后的废墟上建造新家,是莱易及其有相似经历的同代人需要思考与行动的。

莱易选择的是铭记祖辈的历史,谅解父辈的选择,替兄弟追寻搁置的梦想,……完成自我救赎,走对自己的路。

冬筱选择的是用小说的方式去谈论一群本该和文学关系更大的人,他追溯历史,关注和理解前人,他说:"我们这代人理应了解历史究竟是什么,有何意义,并且反思这个国家的过去,用我们自己的视角回望长辈的人生,担起一点点失落的责任。当年轻人尝试着去弥补历史的裂隙,成为缝合者时,一些希望也就依稀而至了。"

冬筱追溯历史是为了汲取经验,利用回忆来改变未来的前进道路,他认为回望不是最终的目的,正如莱易所说,我要去面对的不是荒谷,不是荒谷案,而是那个时代在五十年后依旧清晰可见的对人的创伤。

知名作家张抗抗在推荐《流放七月》一书时认为:"对于冬筱来说,重要的不是探寻昨天的真相,而是找到昨天和今天的断裂;找到昨天与明天、后天的延续与关联。"

我的理解是她赞同莱易与冬筱的积极选择:直面历史、缝合创伤。在缝合中反思历史,在吸取经验中卸下家族创伤的包袱,去创建既肩负继承责任、又在新时空的当下实现自身价值的新生活。

对于历史形成的创伤,小说固然可以呈现个人的选择,放开视野,社会同样有面对的责任。人的精神创伤作为一种病痛,不该长久地被社会漠视。能关注并治疗人们精神创伤的社会,才是一个健康的社会;社会成员间彼此能理解同类的伤痛及伤痛原因,才能更深入地理解自己,并与他人和谐共处。

二〇一三年五月
(刊二〇一四年第十二期《开卷》)

关于《楼兰》这本书

新疆人民出版社二〇〇六年出版了一套《探险与发现丛书》,其中有一本书名为《楼兰》。提起楼兰这个话题,自然会引起人们丰富的遐思,整个二十世纪都有人在关注、在谈论、在考察它。

楼兰本是古代新疆南部塔里木地区的一个国家,位于现在的罗布泊地区。"楼兰"这个名字,是佉卢文"KRO - RAINA"的音译,在

《楼兰》书影

中国最早出现于汉朝的典籍,《史记》、《汉书》、《后汉书》里就有关于它的记载。汉代张骞出使西域时,发现了西域之西有着更广阔的世界。公元前一一五年,中国内地与西域

开始了直接通商;而居于锁钥位置的楼兰,自然是这条"丝绸之路"上的重要驿站。楼兰国后来成为匈奴与汉朝廷两强相争的牺牲品,灭亡于公元前七十七年;取而代之的是鄯善王国,其都城向南进行了迁移。随后四百年间,中国内地朝代更迭,与西域诸国的政治关系时冷时热,但"丝绸之路"一直没有彻底中断。楼兰国虽然不存在,但其名称在塔里木地区仍在流行。

当时从塔里木向西方世界有三条通道:南道、中道、北道,而中道最短,也最有价值。公元二六〇年前后,中国驻军在中道边的古楼兰土地上大搞水利灌溉,并设置了一座屯戍城。七十年间,这座外表不起眼的边城,成为"丝绸之路"上的重要商业市集,路上人"络绎不绝,对面相望",城里头喧嚣震耳,热闹非凡。源源不断的商品——粮食、牲畜、织物、工具、工艺品、地毯、玻璃制品……从东方、西方、南方涌入,世界各种文明在这里交汇,形成了当地一种特殊的混合文化。从此处向西,穿过帕米尔山口,可以到达地中海,因此在古罗马,人们可以穿着中国的丝绸制品参加社会活动;而另外一些棉丝织品,则从"丝绸之路"直达印度的海港,再运往其他地方。可惜到公元三三〇年左右,水源减退,河流改道,屯戍城便不再是沙漠绿洲,中国军队最后不得不离弃,相当于"世界通道"的中道也很快不复存在。热闹的"丝绸之路"沉寂了,"楼兰"这个名字也渐渐被世人遗忘了。

历史迈过了一千六百年,瑞典探险家斯文·赫定来到了罗布荒原,发现了前述中国屯戍城的楼兰遗址(它被称作"楼兰古城"),并获得了一大批宝贵的木简的和纸张的文件。这位探险家的发现,使沉睡了千年的楼兰古国重又出现在世人面前,德国、英国、法国、日本等探险队接踵而至,整个二十世纪人们都在关注这个与"丝绸之路"相关的古代失落的文明实体。斯文·赫定将他获得的木简和纸张文件交给了汉学家研究,其中有三位先后与他建立过工作关系:第一位是卡尔·希姆莱,他未能在有生之年完成研究工作;第二位是奥古斯特·康拉第,他写出了一部重要的学术著作《斯文·赫定在楼兰发现的文书和其他物品》,这是楼兰发现史和研究史上的第一部专著;第三位汉学家叫阿尔伯特·赫尔曼,他为普通读者写了一本与康拉第的学术著作相呼应的通俗读物,正是本文题目中提到的《楼兰》一书的作者,他从地理、历史、文化、考古多个方面向世人介绍了关于楼兰的饶有趣味的知识。

姚可崑教授早年在海德堡

赫尔曼的《楼兰》大约终稿于一九三一年，斯文·赫定也是在这一年为该书写了一篇序文。赫尔曼写作《楼兰》使用的是德文，而中国普通读者要阅读该书，还需要德语学者的帮助。当时的中国虽然并不缺乏这方面的人才，但普通读者读到赫尔曼的《楼兰》，却是在七十多年之后了。追溯原因，这里涉及另外一个故事。其实，早在上世纪四十年代，也就是赫尔曼的《楼兰》出版不到十年，中国已有德语学者在翻译这本德语读物。一九四〇年，姚可崑先生，一位富于才识的留德女学者，在中国抗战的硝烟中，已经受托在翻译《楼兰》了。可惜译稿交出去之后就再无消息，这恐怕与第二次世界大战的动乱环境有关；姚可崑先生当年寻找过她的译稿，可是没有找到。她的女儿冯姚平女士多年后继续寻找，这时她发现国内一直还没有出版过赫尔曼的《楼兰》的任何译本。二〇〇三年姚可崑教授去世了，冯姚平在母亲的遗物中，意外地发现了连译者本人都遗忘了的另一不完全的译稿手抄本。在动荡和条件匮乏的战争年月，抄本没有把译稿抄完，只抄了三分之二。但这失而复得的不完全的译稿也令冯姚平欣喜异常。经过她的邀请，老翻译家高中甫先生慨然将那失去的三分之一的译文重新译出，接着新疆考古专家杨镰先生与新疆人民出版社联系，才使这部六十年前就该面世的译著终于出版了。《楼兰》这本译著今天摆在我国读者面前，经历了那么多的曲折，应该感谢姚可崑教授、高中甫先生和冯姚平女士，是他们的劳动和努力使我们今天的中国读者有幸读到关于"楼兰发现"的第一手资料。

这本译著不仅使我们了解到外国学者在地理学、历史学、考古学方面的科研成就,以及他们填补人类知识漏洞的勇气和毅力,而且通过"他山之石"我们还可以认真地反观自我,深刻地了解自我,进一步思考我们与世界各地区、各民族过去、现在和将来的相互关系。两千多年前,一条"丝绸之路"曾将东方的中国、西方的罗马、南方的印度友好地联系起来;如果这条路当时越走越宽,世界会不会进入一个早期就应当有的和谐的文明阶段呢?人类尽管有希望也有作为,但在自然面前有时又是无能为力的,没有了水源,热闹的楼兰好景不再,最终变成了被人遗忘的历史遗迹。今天人们虽然可以去追寻历史,甚至"站在历史的面前",但真正将历史复活却是不可能的。我们实际上可做的只能是面向未来:研究历史上使楼兰繁荣的各种条件,使之衰亡的各种原因,研究历史上世界的不同地区是如何相互联系的,人民彼此间是如何相互理解的,以便走出更多的新兴的"丝绸之路",创造出更新的和谐的世界文明。

二〇〇六年十月

(刊二〇〇七年第一期《三联贵阳联谊通讯》)

风乍起,吹皱一池春水

《开卷》的主编宁文是位老朋友,只是记不起第一次与他见面是在哪一年了。我是通过父亲认识他的,严格说,他是父亲绿原的朋友。

最近听宁文说:"再过三个多月,《开卷》即将迎来创刊十五周年的日子。"掰指算来,《开卷》的创刊时间是在新旧世纪相交的二〇〇〇年。

近几年整理父亲的文字,发现若干他与《开卷》的际会因缘。

一九九九年十一月他曾题词"开卷有益",那是《开卷》创刊的准备阶段,父亲年近八旬,题词表达了文化老人对这份民办刊物的大力支持。

《开卷》办起来,一期一期地准时见到,它精巧有味,耐读耐看,不仅是父亲,家中其他人也都很喜欢这本小刊,常常是你刚放下,我又捧起。

两年后,宁文开始编辑《开卷文丛》,父亲很支持,参加了第一辑,出版了一册《再谈幽默》。书中小引父亲这样写道:"《开卷》为了让喜欢它的读者更喜欢它,打破了办刊的条条框框,作为投稿者之一,我常觉得,它在热腾腾和闹哄哄之中,似乎悄悄起到了某种幽默的清凉的作用。"是的,读《开卷》与读社会上那些厚厚的文学杂志感觉不同,厚重的文学刊物好比一桌肥甘厚味,而读《开卷》,则像是在品一杯上好的清茶,令人回味无穷。

对《再谈幽默》这册书,宁文多年后还记得:"先生对这本薄薄的装帧素雅的小书也还满意。值得一记的是那本书的封面上是刘二刚先生画的一幅小画,画面上有一个鸟笼,一只小鸟正在试图向笼外飞去。后来我将此画连同其他几幅画裱成册页,请绿原先生在画旁题词留念。绿原先生这样题道:'难道它想飞出去寻找自由吗?'"

我以为,这种书画相配的文本设计形式着实有趣,能引人遐想,让我想到的是丰子恺先生那些颇富哲理和悲悯之心的《护生画集》。我感觉,图文并茂应是《开卷》的一大特点。

记得之后《开卷》又出版了一套"我的"系列丛书:包括《我的书房》、《我的书缘》、《我的笔名》和《我的闲章》。既编刊,又出书,书刊并举,这应该算是《开卷》的第二大特点。

父亲参加了"我的"丛书中每一本的撰稿。他回顾了自己与书籍的几次"生死离别",例如,抗战流亡前,为了轻装忍痛抛掉节约早点钱买来的珍爱之书;抗战后返还家乡时,买不到正规船票,无法从容携带随身物品,又不得不舍去一批难得的工具书;一九五五年,他被卷进"胡风集团"冤案,家中图书与文稿统统被查抄走;"文革"中被下放"五七干校"离京前,因为"马上要打仗了,再也不会回来了",为了家人好疏散,又将后来收集到的有价值的图书当废品处理了。虽然爱书成瘾,但这些痛心的历史记忆终难磨灭,所以即便进入新时期,他也不愿大动干戈,为自己布置一间像样的书房。在《我的书房》一书中,父亲自嘲说"同任何藏书家相比",自己手头现存的几本书简直连"小巫"也称不上……目前且在它们的包围之中,设一张床,摆一张桌子,安一台电脑,俨然可谓乐在其中了。

"我的"系列丛书共有四本,每本样书寄来时都有宁文的题签,现在它们仍然骄傲地挺立在父亲的书柜里,见证着父亲与《开卷》的那份真挚情缘。

时至二〇〇八年,父亲还写过一篇小文:《贺〈开卷〉第100期》。文中说:

《开卷》出到第一百期了。

自不待言,首先是由于它受到广大读者的欢迎。

往往这一期刚拿到手,上一期还在回味中,同时又在盼望下一期了。

一个刊物办到这样,是颇不容易的——《开卷》是凭什么呢?

读者、作者和编者想了一下,会一致回答:是它的风格使然。

那么,《开卷》的风格是什么?或者,它应该是什么风格呢?

对这个问题的回答,恐怕就不会一致了。

有人会说,由于它的题材的多样化;换言之,它没有固定的题材,它的题材俯拾即是。

有人会说,它短小精悍,点到即止,不向长篇大论看齐;因此,不勉强追求面面俱到,既显得从容,又留有余韵。

还有人会说,它与众不同在于,既比一般散文更精粹,又比一般小品更广博。换言之,作者决不要讲可有可无的废话,而力求每字每句经过锤炼而闪闪发光。

拥有这样的风格,慢说全部,单是一种两种,就足以使一个刊物立于不败之地,享有福寿绵长的祝愿。

父亲写这篇小文时,已是八十六岁,从一九九九年题词算起,他作为《开卷》的作者有十年的光景;而《开卷》的作者中有许多与他年纪相仿甚至年事更高的老人,这些老先生对这本刊物的热心支持,或者说,宁文与这些老先生的忘年交情,成就了这本期刊,使它在民办刊物中独领风骚。

只是老先生的精力总是会逐渐衰退的,我注意到近几年,《开卷》的作者中,中青年逐渐多起来,虽然仍不乏老先生的文字,因此,我以为《开卷》的第三大特点应该说是,作者队伍老少并重。

父亲还曾书写过这样一幅题词:"风乍起,吹皱一池春水。读《开卷》有感,柬宁文　绿原二○○二、七、七",题词透出老人对这本精品刊物由衷的欣赏。

《开卷》十五年走来,表面的成绩容易看见,但编者背后的辛苦就难被人人知晓了。听说它的人事关系变动过,它的经济支援也出现过危机;但是宁文说:"只要不是到了山穷水尽,就一定会坚持不懈地走下去。"所以他和他的刊物还是潇潇洒洒地走过来了。

衷心祝愿《开卷》福寿绵长,保持它"图文并茂、书刊并举、老少并重"的优点,继续向前走去,十五年后,我们大家再来为它做"而立"之年的生日。

二〇一五年元月

(刊《纸香墨润》,北方文艺出版社二〇一五年五月版)

小议嗔怒

有时会遇到这类情景:银行里顾客很多,柜台里的人说话不周全,惹得某位顾客勃然大怒,不仅大声喧哗,而且经久不息。有时,公交车许久不来,好容易开来一辆,立马一堆人涌向车门,一位乘客挤碰了另一位,于是上车后一场口角爆发。马路上,司机将汽车开至自行车道,且毫不减速,安全受到威胁的骑车人怒火冲天,随后出言不逊。而公交司机遇上不守交通规则、突然从车前晃过的人与车,也常常控制不了"国骂"。就是在农贸市场里,一位主妇选好菜后如果再三讨价还价,卖方老板没准也会发火,抢下她手里的商品,告诉她不卖了。现今,人们的火气很容易升腾,与季节好像没有绝对的关系。

在文化圈子里,嗔怒之心也司空见惯。一个单位里,客观条件相似者,如果没有同时被"提拔",其中一人没准背后就被编派若干说法,而他自己还不知晓。有人出版了一本书,如若与他人"撞了车",挡了别人的路,也容易在互联网上遭到匿名攻击。至于看到一篇观点不同的文章,甚或一句不合心的意见,便认为是针对自己的,忿忿然打起笔墨官司来就更不稀罕了,常听到的一句话是:"你以为你是谁!"

嗔怒是一种负面情绪,在全民关注养生的今天,它被视为养生的大敌。许多专家都说:养生的最高境界是养心,养心者就要戒除嗔怒。

分析一下嗔怒的情形,大致有这么几种:

一、对方在客观上确实伤害了自己;

二、自己误以为对方损伤了自己;

三、对方误以为你损害了他的利益而对你不客气。

不管哪一种情况,嗔怒于人都有害无益。

第一种情况,以眼还眼,以牙还牙,可能会使事态更加严重,而且"怒伤肝"也不是说着玩儿的,何苦用别人的错误来惩罚自己呢,还是冷静下来通过合理合法手段解决问题为上。

第二种情况,则是自己的不是。个人的判断难免有局限性,往往只知其一,未知其二,很容易因为过于主观,脱离真实情况,如果借此"泄愤",常常会做出蠢事,以至伤害好人。

第三种情况,首先是别人的不是,但如果自己不冷静对待,而去参加唇枪舌剑,肯定要加深误会。俗语不是说"雄辩是银,沉默是金"吗?很多时候,沉默胜过了雄辩。

中国有传统文化儒道佛,关于嗔怒,佛学说得较多,如"勤修戒、定、慧,息灭贪、嗔、痴""一念嗔心起,百万障门开"。这里说的"贪"指贪恋、贪求、贪爱,"嗔"指嗔怒、嗔恨、发脾气,"痴"指不懂道理、不明是非。"贪、嗔、痴"统称为

"三毒",其中的"嗔毒",不但引起人的身心激荡,消耗人的能量,而且造成的后果往往也更严重。

那我们如何能防止嗔怒的产生呢?

笔者以为,最重要的是要培养自己的一颗平常心和平等心。前者有利于正确对待人事纠纷,后者有利于平等处理人际关系。对人对事只要不过敏多疑,大惊小怪,加上不特别看重自己,将会减少很多的误会。

如果你真的遭遇到不讲理的人和不公平的事,包括外界深深的误会,这时也应慎重地防止嗔怒。请先做几次深呼吸,再忍耐十秒钟,这时开口讲话会有理有利得多。总之,你需要时时告诉自己:没有什么了不起,没有永恒不变的事物,只有冷静应对,恶劣情况才会开始转变。